AF377899

# LE DESTIN DE TANG-BI

Sem DA Sagesse H.

# LA CARTE DU RICHE

Edition originale publiée en français par **SEM EDITION.**

Tous droits réservés. La reproduction d'un extrait quelconque de ce livre, par quelque procédé que ce soit, tant électronique que mécanique, en particulier par photocopie et par microfilm, est interdite sans l'autorisation écrite de l'éditeur.

© 2023, Sem DA Sagesse H.

**SEM EDITION**

Tel: +2250757534730

Email: semsagesseh@gmail.com

ISBN : 978-2-9587975-2-2

# LE DESTIN DE TANG-BI

# DEDICACE

Je dédie ce tapuscrit à mon père DA BENOR MARCELLIN et à ma mère HIEN WEMIANA CHRISTINE. Je le dédie aussi à toutes les populations qui désirent passer de l'obscurité à la lumière.

# INTRODUCTION

Cette histoire provient de faits réels. A travers Tang-Bi, nous voulons encourager toutes les populations à croire en leur avenir.

Certes, on ne choisit pas de naître dans la famille qu'on veut. Cela nous est imposé par Dieu. Mais c'est-à-nous de choisir ce qu'on veut que notre vie advienne.

A travers cette passionnante histoire de Tang-Bi, nous voulons vous aider à réveiller le lion qui sommeille encore en vous.

Le suspense qu'entretient cette histoire du début jusqu'à la fin vous emmènera à le dévorer en un temps record. Sans aucun doute, ce livre vous aidera à réussir votre vie.

Cet ouvrage apparaît donc comme une véritable bénédiction pour les Etats qui rêvent de voir leurs enfants totalement épanouis.

Êtes-vous prêt pour le voyage ?

# Chapitre 1

## UN VILLAGE SINGULIER

Il y avait à Pabouôr, un très petit village du nom de Diibôh. Ce nom interprété signifie ''Paradis''. Les fils de ce village vivaient de chasse, de cueillette et de l'agriculture. C'est un village où la nature est très généreuse car tout ce qu'on y sème pousse à merveille.

Cependant, ce village était plus connu pour sa culture on ne peut plus barbare et bizarroïde. En effet, c'est un peuple très fier. Il est tellement fier de lui qu'il refuse de se choisir un roi comme à l'instar des autres peuples qui l'entoure pour le conduire. De plus, quand une femme plaisait à un Diiboyen, il l'enlevait de force pour exprimer sa masculinité, prenait ensuite la fuite pour un endroit très éloigné et retournait plusieurs mois après, quand il l'avait engrossé. Lorsque ce dernier réussi à enlever à la fois plusieurs jeunes filles et les enceintes toutes, alors là, on l'accueille à son retour comme un vaillant héro.

Il y eut quelques-uns de ses fils qui, ayant grandi au pays des Toubabs, ont essayé d'aller contre cette manière de faire en organisant des cérémonies de fiançailles. Ils furent vite ramenés sur terre car les sorciers de Diibôh ont éliminé ces derniers. Depuis, personne n'eut encore le courage d'aller contre cette coutume.

Diibôh prenait aussi plaisir à voir ses fils se lancer sans cesse des défis jusqu'à la mort pour simplement satisfaire leurs égos.

En réalité, lors des cérémonies d'initiations, tous les chefs de famille accompagnés par toutes leurs femmes derrière eux, faisaient des démonstrations de la puissance de leurs fétiches à la place publique. A Diibôh, un vrai guerrier est avant tout un grand chasseur et un grand cultivateur. Mais avec ses qualités, il faut aussi ajouter le maximum de femmes et de fétiches pour être vraiment respecté par tous. Ces démonstrations finissaient toujours par une bagarre qui enregistrait parfois même des dizaines de morts.

Comme c'est un peuple matriarcal, les femmes entraient en scène à la fin des démonstrations. C'est-à-elles que reviennent la responsabilité de nommer les nouveaux initiés. Et le jeu c'est que chaque femme doit nommer le fils de sa rivale. Ces femmes, dans leur majorité, prenaient donc plaisir à surnommer les enfants par des noms venant tout droit de l'enfer. Ces cérémonies étaient donc le moment idéal et tant rêvé pour la majorité des femmes Diiboyennes d'exprimer la haine qu'elles éprouvent envers leurs rivales à travers le nom que porterait désormais le fils de cette dernière. Une fois le nom attribué, personne ne pouvait plus rien pour le changer. En d'autres termes, les Diiboyennes étaient très rancunières et revanchardes si  bien qu'elles n'hésitaient pas du tout à proférer des malédictions à l'encontre des enfants de leurs rivales.

Jamal, un fils de Diibôh, réussit à enlever le même jour, deux jeunes filles qu'il engrossa quelques mois plus tard avant d'y retourner.

Sept jours après son retour, les Toubabous l'enrôlèrent de force avec cinq autres jeunes gens bien musclés et natifs du village, pour aller servir de bouclier humain pendant la deuxième guerre mondiale. Il eut juste le temps de légaliser son mariage avec Nôbôh la femme qu'il aimait le plus.

Cette guerre mit en évidence la bêtise humaine. Pendant six ans, nous assistâmes impuissamment toute la haine et la scélératesse des humains.

## Chapitre 2

RETOUR AU BERCAIL

Pompon, pompon !!! Brooummm, brooummm ! Le cargo vient de garer à Diibôh un village de Pabouôr. Tout le village accoure pour accueillir les valeureux fils qui sont allés de force combattre aux côté des Toubabous.

Les yeux grandement ouverts et inquiets, Nôbôh et sa coépouses attendent leur mari Jamal. Rien ne peut les distraire. Cela fait déjà six longues années qu'il est allé faire la guerre. Après dix heures d'attente sous le chaud soleil intrépide de Diibôh, Nôbôh aperçoit enfin son mari au milieu de cette grande foule qui descend du cargo. Le voilà dit-elle toute joyeuse !

Avec sa coépouse, elles courent vers ce dernier tout en frayant un passage au milieu de toute cette grande foule pour prendre son sac. Trempées par la sueur, elles atteignent enfin Jamal. Les yeux baissés en signe de respect, elles lancent à la fois avec toutes leurs trente-deux jolies dents au dehors, à leur mari, un bon arrivé plein d'émotions. Elles voulurent se jeter dans ses bras pour l'embrasser, mais la foule présente les intimidait. Elles avaient en réalité toutes deux peur du regard des autres.

Comme toutes bonnes femmes à Diibôh, elles reçoivent leur mari en lui proposant de l'eau de la rivière à boire. Ensuite vient le moment de demander les nouvelles.

Côcôcô ! Oui entré. Et voici réuni tous les vieillards de Diibôh. Ils sont venus exprimer leur joie de revoir leur brave fils Jamal.

Bon arrivé Jamal, lui dit le doyen en âge du village. Merci leur répondit-il tout fièrement!

Tu es venu seul alors que vous étiez six frères du village à aller chez les Toubabous pour faire la guerre.

Baissant tristement la tête, Jamal répondit que les autres n'ont pas survécu malheureusement et qu'il est  sorti seul de la guerre par la grâce de Dieu.

Le village réuni pleura ses fils tout en prenant le soin de remercier les dieux d'avoir gardé en vie leur fils Jamal. C'est ainsi qu'ils se consolaient.

Jamal se prit encore une troisième femme pour signaler son retour. Cette fois, il ne prit même pas la fuite car tous surestimaient ses pouvoirs. En réalité, ils pensaient tous que, si Jamal est revenu saint et sauf de la guerre, c'est parce que ses fétiches étaient plus puissants que ceux de ses frères qui sont allés comme lui faire la guerre.

La vie continuait à Diibôh et tout le village venait quotidiennement chez Jamal pour qu'il leur raconte ce qu'il a vécu chez les Toubabous. C'était ainsi tous les jours et les histoires ne se ressemblaient pas. Dans cette ambiance, le village vivait sa paix selon qu'il l'entendait.

## Chapitre 3

## JAMAL GUERIT LA FILLE DE TCHILA LE DOYEN DU VILLAGE VOISIN ET LA PREND POUR FEMME

Bimpour est la fille de Tchila le doyen du village voisin. Depuis sa tendre enfance, elle souffre d'une plaie à la cheville. Jusque-là, aucun guérisseur n'a réussi à la soigner.

Tchila entend parler des pouvoirs de Jamal le grand combattant des Toubabous.

Je vais aller le voir se dit-il, peut-être qu'il a la solution à mon problème. Alors très tôt le lendemain matin, côcô !côcô !

On frappe à la porte mon mari dit Nôbôh. Mais qui peut bien nous déranger à cette heure-là ? Va voir c'est qui. Ordonne Jamal.

Nôbôh ouvre la porte et voilà un vieillard tout épuisé avec sa fille âgé d'environ 25 ans.

— Bonjour madame.

— Bonjour monsieur. Que puis-je faire pour vous ?

— Excusez-moi pour le dérangement, mais suis-je bien chez Jamal le grand combattant des toubabous ?

— Hmmmmmm…, oui lui répondit-elle avec hésitation

— Pourrions-nous le voir s'il vous plaît ?

— Prenez place s'il vous plaît. Je rentre lui signaler votre présence.

Quelques minutes après, Jamal sort de la chambre le sommeil encore dans ses yeux pour voir son hôte.

Tchila s'écrit dès qu'il aperçoit Jamal :

— *S'il vous plaît monsieur Jamal, venez à mon secours car ma fille a une grosse plaie au pied depuis vingt-cinq ans. Je l'ai envoyé voir tous les grands médecins et guérisseurs du village mais ils n'ont pu rien faire. J'ai entendu parler de vos pouvoirs et donc je viens solliciter votre aide.*

Quelques minutes d'observation et Jamal dit :

— *Je crois que je peux faire quelque chose pour vous monsieur.*

— *Han ! Vous pouvez la guérir ? Dit Tchila tout joyeux ! Je vous assure que si vous réussissez à la soigner, je vous la donne pour femme. Elle représente mon bien précieux ; et je préfère la donner à l'homme qui ôtera de dessus ma face cette grande humiliation.*

Une nouvelle femme ? En vrai homme de Diibôh et admirateur des belles femmes, Jamal, écarquille ses yeux comme s'il venait de recevoir une lumière et dit :

— *D'accord, tout joyeux et tout flatté. J'accepte avec plaisir de relever le défi. Mais gare à vous monsieur Tchila si jamais je réussi à la guérir et que vous ne respectez pas votre promesse.*

Jamal entra en brousse quelques heures après avoir adoré ses fétiches, pour chercher des variétés de feuilles puis l'appliqua à la plaie et dit :

— *Revenez dans une semaine pour un autre traitement.*

Après une semaine, l'on constata une légère amélioration.

Il appliqua à nouveau une autre potion. Au fur et à mesure que les jours passaient, la plaie guérissait jusqu'à disparaître complétement au bout de trois mois.

Très heureux, Tchila organisa trois mois après la guérison de sa fille, une fête et, invita tout le village de Diiboh. Au milieu de la cérémonie à minuit zéro minute zéro seconde, il fit signe aux invités de garder silence car il a une annonce très importante à faire.

*« Vous connaissez tous ma fille Bimpour qui souffrait depuis vingt-cinq ans. Je me suis battu avec tout le village à cause d'elle. Aussi j'ai dépensé tout mon argent en essayant de la soigner mais sans succès. Et c'est au moment où je n'espérais plus qu'on m'ait parlé de Jamal le grand combattant des toubabous.*

*Je suis donc allé solliciter son aide et il a redonné vie et honneur à ma fille chérie Tchila. Aujourd'hui, je suis un homme très heureux. En cette heure précise de la nuit, moi Tchila, en présence de tout le village, je donne ma fille Bimpour en mariage à Jamal le grand combattant des toubabous. »*

La fête terminé, Jamal prit sa quatrième femme et rentra chez lui. Six ans après, Bimpour avait cinq enfants tandis que Nôbôh, la seule femme de Jamal, était encore en quête d'un premier enfant.

La rivalité entre les femmes de Jamal était très féroce. Elles ne se faisaient pas du tout cadeau. Surtout entre Bimpour et Nôbôh la femme que Jamal aimait la plus. Chaque jour, du matin au soir, Nôbôh était l'objet des moqueries de la part de Bimpour. Ce désordre dans la maison influença les enfants qui se regardèrent en chiens de faïence.

Et puis arriva un jour où Nôbôh était très souffrante si bien qu'elle pouvait à peine se lever du lit. Elle appela Tébri, le fils aîné de Bimpour et lui demanda d'aller lui acheter des médicaments au marché. Bimpour qui écoutait à la porte ce qu'elle disait, sortit brusquement de la chambre et lui dit sévèrement : *« Hé toi là… Tu sais comment on fait un enfant et tu te permets d'envoyer mon fils ? Plus jamais pareille chose ne va se répéter…Hein !… Hein ! Espèce de femme au ventre sec ; méchante désert. »*.

Cette fois c'était la goutte d'eau qui déborda le verre. Nôbôh n'en pouvait plus, elle pleura toutes les larmes de son corps. Le soir, quand son mari fut de retour du champ, elle se jeta sur lui, le pris par les genoux et le supplia en ses termes : *«Pourquoi ne me donnes tu pas aussi des enfants ? Donne-moi des enfants maintenant mon mari stp, je t'en supplie. Je suis fatiguée des injures incessantes de Bimpour…hunhan hunhan, waaayi, waaayi !!! »*.

Impuissant devant ses grosses larmes de sa bien-aimée Nôbôh, le grand guerrier Jamal fut ému. Il essaya tant bien que mal de maîtriser ses émotions. Il vit son impuissance face à la requête de sa chérie et fondit brusquement aussi en larmes. Il leva la voix et versa des fleuves de larmes. Au son de ses pleurs semblable aux cris d'une bête sauvage, tout le village armé jusqu'aux dents, atterrit chez Jamal le grand combattant dans le but de lui venir en aide. Ils furent tous surpris de voir leur héro vénéré tout en larmes.

Sanglotant, Jamal dit à sa femme en présence de tous : *« Je ne peux me substituer aux dieux, ma chérie Nôbôh. Ils sont les seuls à pouvoir te répondre. Seulement, aie toujours la foi, les dieux sont peut-être en train de nous éprouver. »*

Bimpour cessa de tomber enceinte depuis cet incident.  Et cinq ans plus tard, Nôbôh tomba enfin enceinte et mis au monde un fils très claire et très beau. Nôbôh dit : « *Dieu a eu pitié de moi en me donnant un fils. Comme je suis si heureuse ! Et elle le nomma Téébôh».*

Cependant cette joie fut d'une courte durée car au bout de trois ans après, l'enfant rendit l'âme. Nôbôh est inconsolable. Elle pleura la mort de son fils durant un an en accusant les sorciers de Diibôh : « *Ils ont tué mon fils ! Oh oh ! Aidez-moi à retrouver ces sorciers qui ont pris la vie de mon fils. ».* Mais  Bimpour n'eut même pas pitié ! Au milieu de toutes ces détresses, elle trouva quand même l'occasion de lui lancer des paroles sarcastiques :

— *J'ai toujours dis que tu es une méchante femme au ventre désert. Tu dévore tout et rien ne peut vivre à tes côtés. C'est toi-même qui as tué ton propre fils. Espèce de vieille sorcière… Ha ! Ha ! Ha !!!*

— *Pitié, pitié ! Ne me dit pas ça s'il te plaît, Bimpour ! Supplia Nôbôh en larmes. Comment pourrai-je faire du mal à mon propre fils que j'ai tant recherché avec ardeur ?*

Pendant que Nôbôh pleurait son fils, Jamal quant à lui n'avait pas le temps de mener deuil. Il se prit encore deux autres femmes et éleva le nombre de ses femmes à six. Après un an trois mois de deuil, Nôbôh finit par accepter que ce fût la volonté des dieux. Elle essaya tant bien que mal de retrouver sa joie.

# Chapitre 4

## LA NAISSANCE ET L'ENFANCE DE TANG-BI

Deux années après ces événements, Nôbôh tomba encore enceinte. Cette fois, se dit-elle, j'irai voir les deux grands fétiches du village pour leurs confier cet enfant qui va naître. Alors, comme résolu, elle se rendit dès le crépuscule à la rivière où se trouvent les deux plus grands fétiches du village.

*— Grands génie du fétiche, je te confie mon enfant. Je te promets que si tu le garde en vie et en bonne santé, il te servira et tu seras son dieu.*

Après avoir adoré ses fétiches, elle retourna chez elle toute joyeuse. Le moment où l'enfant devait venir au monde arriva. Nôbôh mit au monde un garçon encore plus beau que feu Téébôh. Elle l'appela Tangba-Bicounn car dit-elle celui-là est le fils du Dieu Vivant. L'enfant grandissait et était aimé par tout le village de Diibôh à cause de la bonté de sa mère Nôbôh.

Quand Tangba-Bicounn eut deux ans, Bimpour mis encore un autre fils au monde qu'elle nomma En-Youli car dit-elle, c'est un ravisseur de gloire. Mais la seconde femme de Jamal le surnomma pendant la cérémonie d'initiation « En-Youli Gnamôgôdin » qui veut dire « En-Youli le fils batard de Bimpour ». Pour tous en clair, il était évident qu'il est le fruit d'une relation extraconjugale. Cette raillerie venant de la part de ses coépouses rendit Bimpour encore plus furieuse. Elle se sentait très humiliée mais elle ne pouvait rien y faire. C'est la tradition et elle devait accepter ce nom malgré elle.

Nôbôh prenait soins de son Tang-Bi chéri. Elle veillait à ce qu'il soit toujours propre, élégant et ne manque point de bonne nourriture. Tous les villageois ne cessaient chaque jour de manifester leur affection pour l'enfant en lui offrant régulièrement des cadeaux.

Toute cette marque d'attention, cet amour à l'endroit de Tang-Bi, rendit Bimpour très aigrie. De plus elle fait l'objet des discussions sarcastique dans tout le village à cause de son fils. Elle se mit dès-lors à méditer comment faire du mal à ses coépouses surtout à l'enfant de Nôbôh son ennemie juré. Elle passait des nuits blanches à planifier des embuscades contre l'enfant et sa mère. Mais elle échouait toujours dans ses projets iniques.

Ironie de la vie, les deux enfants grandissaient et étaient inséparables. En-Youli aimait bien la compagnie de son frère aîné Tang-Bi qui ne manquait pas de prendre sa défense quand il commettait des gaffes. Jamal aimait bien Tang-Bi plus que ses autres enfants car il agissait avec beaucoup de responsabilité. Aussi, n'hésitait-il pas à solliciter ses conseils et son aide bien souvent. Il était doué à résoudre les problèmes.

C'est dans cette ambiance de haine, de rivalité et de jalousie que les choses se faisaient dans la famille de Jamal. Tous les jours, c'était des disputes par-ci et par-là. Jamal, le polygame et grand combattant des Toubabous ne pouvait rien y faire. Il n'a pas vu venir ce danger lié à la polygamie. Il voulut selon la tendance à Diibôh, montrer à tous sa puissance masculine et son importance dans la société. Maintenant le voilà pris au piège. Un feu est sorti de son sein et est en train de consommer sa famille petit à petit. La paix s'est enfui par la fenêtre et a laissé la place au désordre.

Comment éteindre ce feu ?

# Chapitre 5

## L'INDEPENDANCE DE PABOUÔR

Au lendemain des indépendances, son excellence, monsieur Fangatigui, président de Pabouôr, exige que tous les garçons âgés de quinze à vingt ans soient mis à l'école des Toubabous.

C'est dans cette vision que les Toubabous atterrissent un matin de bonheur à Diibôh. Des Toubabous à Diibôh ? La scène était tout simplement incroyable ! Il fallait être là pour voir ça avant de croire.

En effet, les femmes qui sont allées chercher de l'eau au marigot retournaient toutes essoufflées à force de courir car elles pensaient avoir vus des fantômes. Et ce qui est curieux, même les quelques hommes qui étaient sur le chemin des champs prirent aussi la fuite. En seulement, quelques minutes, tout le village fut alerté et tous les guerriers disparurent en un laps de temps.

Interpelé, Jamal le grand combattant sorti précipitamment de chez lui pour se rendre à la place publique. Avec quelques-uns des vieillards qu'il trouva sur les lieux, ils tinrent d'abord une réunion. Puis Jamal prit la parole et calma les siens en ses termes : *« Chers frères et sœurs, n'ayez pas peur car ce sont des hommes comme nous. J'ai combattu à leur côté pendant la guerre. J'ai vu beaucoup de toubabous comme eux tomber misérablement sous les balles assassines d'Hitler le Nazis. Ce sont des hommes comme nous et non des extra-terrestre ; encore moins des dieux. Ils sont ici pour recenser nos enfants qui ont l'âge d'aller à l'école comme l'a exigé son excellence, monsieur le président Fangatigui. Ecoutez-moi maintenant et laissez vos enfants aller à l'école des Toubabous afin qu'ils deviennent de grands types demain pour aider tout le pays de Pabouôr à se développer. ».*

Le grand guerrier Jamal, l'homme qui a combattu les Toubabous chez eux pendant six ans et, est retourné au village sans égratignures ; oui le seul guerrier survivant parmi les hommes pris de force pour servir de bouclier humain des Toubabous, vient juste de parler. Immédiatement, beaucoup désarma volontairement en s'engageant à faciliter la réalisation de la vision de son Excellence Monsieur Fangatigui, le seul trouvé digne pour conduire la destinée de Pabouôr. Cependant ceux qui étaient toujours sceptiques furent contraints par la manière forte à accepter. Jamal lui-même montra l'exemple ce jour-là, en inscrivant tous ses enfants à l'école des Toubabous.

Pour établir les différents extraits, les toubabous essayaient de trouver l'âge des enfants en mesurant leurs tailles et en comptant le nombre de leurs dents.

Tang-Bi et ses frères devaient parcourir douze kilomètres de marche chaque jour pour se rendre à l'école et douze autres pour retourner. Ce qui fait un total de vingt-quatre kilomètres par jour. Même si Nôbôh fait tout son possible pour que son fils ne manque point de nourriture, il n'en est pas ainsi pour les autres élèves. La plupart d'entre eux, se rendent à l'école sans rien manger. De plus, les enseignants Toubabous n'hésitent pas à battre les enfants comme des animaux car d'après la philosophie de son excellence monsieur Fangatigui, « les Farafis » ne comprennent que l'usage de la force.

Face à ces conditions de vies pénibles, plusieurs élèves ont vite décroché. Ils ont abandonné les classes au profit des travaux champêtres. Ce fut le cas de tous les enfants de Bimpour et ses coépouses.

Quant à En-Youli, il continua l'école malgré lui à cause de son frère Tang-Bi. En effet, Tang-Bi aimait bien l'école des Toubabous. Pour lui, c'était là l'occasion à saisir pour aider véritablement les siens surtout sa mère qui souffrait dans cette grande précarité de Diibôh.

Tang-Bi était excellent à l'école et En-Youli passable. A la maison, c'est Tang-Bi qui était son répétiteur. Bimpour, animée de jalousie, se mettait dans une grande colère rouge contre son fils quand elle voyait les nombreux prix d'excellence de Tang-Bi, le fils de Nôbôh son ennemie rivale et jurée.

*« Pourquoi tu n'envoies pas aussi des prix mon fils ? Tu suis bêtement ce vaurien de Tang-Bi. Ne sais-tu pas que sa mère Nôbôh est une sorcière ? C'est ton intelligence là qu'elle vole pour donner à son fils afin qu'il excelle à l'école des Toubabous. »*

Chaque fois, c'était la même chose, le même discours de haine et de dénigrement à l'encontre de l'enfant chéri de Nôbôh. Mais jusque-là, les efforts de Bimpour étaient vains car En-Youli s'en foutait.

# Chapitre 6

## TANG-BI DISCUTE AVEC SON FRERE EN-YOULI

*Un soir, pendant que les deux frères revenaient de l'école, En-Youli avait l'ère plongé dans ses pensées. Et Tang-Bi, voulant savoir ce qui n'allait pas chez son frère, engagea une discussion :*

— Qu'est ce qui ne va pas chez toi En-Youli ? Je te trouve totalement perdu dans tes pensées.

— Tout va bien Tang-Bi, répondit sèchement En-Youli.

— Tu blague peut-être. Je te connais suffisamment pour savoir que quelque chose ne tourne pas rond chez toi. Allé, petit frère, lâche-toi là.

— Ok, je me demande pourquoi continuons-nous à aller à l'école des Toubabous ?

— Ah je vois ! Mais, selon toi, que pouvons-nous avoir de mieux à faire que l'école des Toubabous ? lui demanda Tang-Bi.

*Alors, avec enthousiasme, En-Youli affirme :*

— Je pense que nous devons imiter nos aînés en allant simplement au champ puis, se marier tranquillement et avoir beaucoup d'enfants après. N'est-ce pas là l'essentielle de la vie ?

— Certes, c'est une option. Mais est-ce que nos frères sont-ils vraiment épanouis avec leurs petites familles.

*En-Youli réfléchit un moment et dit :*

— Je ne comprends pas bien ta question. Qu'est-ce que tu entends par ''épanouir''?

— Je veux juste savoir si nos frères arrivent-ils vraiment à pouvoir à tous les besoins de leurs femmes, de leurs enfants et bien entendu de leurs propres besoins ? Ont-ils les moyens de s'acheter tout ce qu'ils veulent manger ou s'habillent-ils comme ils veulent vraiment ? Arrivent-ils à se soigner correctement quand ils sont malades ? Se sentent-ils vraiment utile à la société ?

— Bien sûr que non ! Mais penses-tu que l'école des Toubabous peut nous aider à nous épanouir vraiment ? Répliqua En-Youli.

— Je pense que l'école des Toubabous est une bénédiction venue tout droit du ciel et par conséquent nous devons la saisir si nous voulons vraiment être épanouis un jour.

*A cette réponse de Tang-Bi, En-Youli s'enflamma subitement d'une grande colère et dit :*

— Comment cette école des Toubabous peut-elle être une bénédiction du ciel ? Nos maîtres « ces  maudits de toubabous », nous battent toujours comme des bœufs qu'on mène à la boucherie. Non, je t'en prie, ne me dit pas ça Tang-Bi, cela ne peut pas être une bénédiction du ciel. Mais plutôt une autre forme d'esclavage. »

*Tang-Bi garda son sang-froid jusqu'à ce que son frère se calme totalement. Puis, il reprit la parole et dit :*

— Nos ancêtres ont souffert de l'esclavage et du travail forcé. Nos pères étaient comme des boucliers pour les mêmes Toubabous. Aujourd'hui, nous manquons d'hôpitaux, de centres de formations, de routes, d'électricité,…Bref, nous manquons presque de tout. Même nos richesses naturelles sont exploitées par l'expertise des Toubabous.

Actuellement, grâce à l'école nous avons l'esprit ouvert sur le monde. Déjà, nous nous sentons important malgré ton niveau CE1 et mon niveau CE2 quand nous marchons dans le village ; car on nous distingue par notre manière d'appréhender les situations. On lit les différentes lettres des villageois. C'est beau tout ça et je souhaite aller le plus loin possible!

Je veux réussir afin d'aider nos parents à boire un jour de l'eau potable,  à soigner leurs enfants dans de bons hôpitaux, à avoir de bonnes routes condition sine-qua-non pour le développement, à voir notre village être électrifié…

Ce sont autant d'idées qui me motivent et je pense que c'est une chance que nous devons saisir afin de participer non seulement à la construction de notre village, mais surtout à la construction de notre très chère mère patrie Pabouôr. Après tout ça, nous pourrons concurrencer les Toubabous avec leur propre arme qui est l'école. Il faut au prime abord maîtriser cette arme et ensuite savoir l'utiliser contre nos bourreaux.

Comprends-tu cela mon petit frère En-Youli ?

— Attends, ne me dit pas que tu parles sérieusement-là ? Questionna En-Youli. Arrête de rêver debout mon frère et sois un peu réaliste. Tes ambitions ne pourront jamais se réaliser car à ce que je sache, jamais personne n'a osé penser ainsi dans ce village.

Tu sais quoi ? On gagnerait bien à se contenter de ce qu'on a ; sinon tu te feras du mal à toi-même. Non seulement, tu ne pourras pas réaliser ton rêve, mais tu resteras à vie frustré et aigrie. Ignores-tu qu'un désire non réaliser est une source de maladies et d'amertumes ?

— Quel pessimiste tu es mon frère ? Dit Tang-Bi. Ça te coûte quoi même d'avoir un peu de foi ? De toute façon, c'est mon rêve et tu ne peux rien contre. Je pense qu'on doit viser le soleil pour que si jamais on ne l'atteigne, on peut au moins attraper la lune ou les étoiles.

Cependant, il y a quelques choses de vraie dans ton analyse! Le faite que personne n'aie jamais réfléchit ainsi. Et c'est justement la raison pour laquelle nous devons saisir cette opportunité. C'est Dieu qui nous donne cette occasion et cette inspiration. Ne passons pas à côté de la plaque mon frère ; nous devons la saisir. Nous serons les pionniers d'une telle initiative et nous servirons de modèles pour la génération nouvelle. C'est aujourd'hui qu'il faut oser et non demain.

En-Youli, constatant qu'il ne peut rien contre l'opiniâtreté de son frère, se mit dans une colère noire soudainement et lança : « *Regardez ! Pour qui tu te prends même Tang-Bi ? Arrête de rêver debout. Reviens vite sur terre mon frère car tu es en train de te perdre dans tes illusions. Tchrrrrrrr !!! Va là-bas et laisse-moi tranquille. Je comprends maintenant pourquoi ma mère te traite toujours de petit prétentieux, narcisse et orgueilleux. Pourquoi veux-tu avoir toujours raison ?*».

Depuis cette discussion qui s'est mal achevée, En-youli, nourrissant peu à peu de la haine contre son frère, cessa de le fréquenter et se trouva de nouveaux amis. En-Youli aime bien ses nouveaux amis car ils ont les mêmes convictions vis-à-vis de l'école des Toubabous.

Comme quoi, les oiseaux du même plumage finissent toujours par se retrouver et voler ensemble. La nature vient de rétablir la vérité. De même qu'on ne peut mélanger des boucs et des brebis, des poussins et des aiglons, des loups et des lionceaux car ils finiront toujours par se séparer ; de même, on ne peut mélanger l'obscurité et la lumière, des incrédules et des croyants, des pessimistes et des optimistes ; des aveugles et des voyants.

# Chapitre 7

## LA GRANDE CONSPIRATION CONTRE TANG-BI

En-Youli, sachant maintenant qu'il est considéré comme un fils bâtard, en veut encore plus à son frère Tang-Bi. Avec sa mère, ils cherchent par tous les moyens possible comment nuire Tang-Bi mais jusque-là, sans succès. Deux ans après cette discussion, Tang-Bi est au cours moyens deuxième année (CM2) et son frère au cours moyens première année (CM1).

Un dimanche matin, la mère de Tang-Bi piqua une crise et rendit l'âme. Mais elle eût juste le temps de bénir son fils bien aimé Tang-Bi et mourut dans ses bras.

Maman est morte ? Se demanda Tang-Bi. Mais qui va laver mes habits ? Qui va me raconter des histoires chaque nuit avant que je m'en dorme ? Qui va préparer mon sac et mon petit déjeuné tous les jours avant de prendre le chemin de l'école ? Qui se tiendra à mes côtés pour me prodiguer de sages conseils et m'exhorter à toujours regarder vers l'avant ? Qui m'entourera de son affection sans faille ?

En un laps de temps, Tang-Bi défila dans sa tête, tous les bons moments passés avec sa maman chérie. Dites-moi que ce n'est pas vrai, je rêve, n'est-ce pas ? Questionna-t-il son père Jamal qui, ne sachant quoi dire se tue. Maman… ! Ne me laisse pas tout seul s'il te plaît… ! J'ai encore besoin de toi. Pas maintenant mon Dieu, pas maintenant, je t'en supplie… ! Je ne suis pas encore prêt à affronter tout seul la vie ! C'est la seule qui me supporte et qui me soutient vraiment. Pourquoi la rappeler si tôt mon Dieu ?

Tout le village sorti pour exprimer sa compassion à Jamal et sa famille. Dès-que les villageois apercevaient Tang-Bi, ils se mettaient aussitôt à pleurer car Tang-Bi est la copie conforme de sa mère. Ils se souvenaient de la grande générosité de sa mère. Les uns témoignaient que c'était une femme combattive, si humble et toujours au service des autres. D'autres, pleuraient parce qu'ils ne pourront plus manger son « Gnonto » avec sa précieuse sauce « Djandjalah » dont elle seule a le secret dans tout le village de Diiboh.

Le plus émouvant, fut le témoignage de Jamal son époux.

*« Pourquoi si tôt ma très chère et tendre épouse Nôbôh ?*

*Nôbôh !!!Quel délicieux nom ! Tu m'as apporté tant de bonheur, d'amour, de joie, de paix et de vie. Dans mes moments de ténèbres, il suffisait que je te voie pour que la lumière paraisse à nouveau. Même quand je fus forcé d'aller faire la guerre, c'est ton souvenir qui me donnait d'espérer sortir un jour vivant de cette bêtise humaine. Et j'ai réussi grâce à toi. Durant ces vingt-cinq années de vie commune, pas une seule fois tu te sois rebellée contre moi. Tu es restée toujours soumise et douce. Tes conseils avisés et ta voix si douce, me brisaient toujours les os quand j'agissais par orgueil. Ma chérie Nôbôh !!! Que pourrai-je faire maintenant sans toi ?*

*Oh bon Dieu pourquoi si tôt ?*

*Je te remercie toutefois pour tout ce temps passé avec elle. Je ne regrette rien du tout. Elle fut une véritable bénédiction pour moi. En attendant mon heure, je te prie de prendre soins d'elle. »*

Le village pleura pendant un mois Nôbôh et la vie repris son court normal.

Bimpour, en entendant son mari faire ces éloges à Nôbôh, s'aigrie encore plus et jura de faire payer le prix à Tang-Bi son fils. Pour elle, si Jamal ne l'a jamais aimé avec ses enfants, c'est à cause de Nôbôh et son fils. Cette fois le jeune Tang-Bi paiera.

Dès lors, elle fit tout pour que Tang-Bi se rapproche auprès d'elle. Au début, Tang-Bi se méfia et quand En-Youli, complice de sa mère, se rapprocha de lui, il baissa la garde parce qu'il l'aimait vraiment. Et se dit, c'est aussi ma deuxième mère de toute façon. Je dois lui faire confiance.

La vie continua et Tang-Bi était toujours le major de sa promotion. Il recevait de nombreux présents. A l'approche des examens de fin d'année, elle alla consulter Titinda le malfaiteur du village.

— Que me vaut l'honneur de ta visite Bimpour ? Questionna Titinda le malfaiteur.

— J'ai besoin de toi Titinda. Dans deux mois Tang-Bi passera son examen et je souhaite qu'il devienne aveugle afin de ne pas se présenter le jour de l'épreuve.

*Ah ah ah ah ! Ricanna Titinda.*

— J'ai compris ton vœu. Je suis le malfaiteur Titinda, je suis fils des ténèbres, je travaille pour les ténèbres et je me définis par le mal. Ce que tu me demande n'est pas du tout compliqué. Seulement, offre dans deux jours un coq rouge et dix œufs d'une poule rouge qui pond pour la toute première fois.

— Sans problème, acquiesça Bimpour avant de se retirer d'auprès de Titinda le malfaiteur.

Bimpour se hâta par-ci et par-là pour rassembler tout ce qu'avait demandé Titinda. Surtout que le délai est très court et il ne faut surtout pas irriter Titinda avec ses démons.

Au terme de ces deux jours, elle se rendit à nouveau chez Titinda avec tout ce qu'il avait demandé.

— Voilà ce que tu m'as demandé Titinda.

— Bêh didon, ma fille Bimpour, tu es efficace à ce point ? C'est très bien. Les ténèbres sont très fières de toi pour ta diligence.

Maintenant à nous deux Tang-Bi… ! Cria-t-il fortement dans les airs. Il sacrifia le coq à ses fétiches et cassa les œufs sur l'autel de ses dieux. Tout est fait ma fille ; va en paix ajouta-t-il. Tu verras la force des ténèbres très bientôt.

Depuis ce jour, Tang-Bi ne se retrouva plus. Il se plaignit de maux d'yeux et d'un terrible maux de tête qui l'empêchait de se rendre à l'école. Et cela allait de mal en pire. Or les examens approchaient à grand pas.

Pendant cette période douloureuse, Tang-Bi décida de croire au Dieu Blanc appelé Jésus-Christ du prêtre missionnaire nommé « père Blessing ». Celui-ci priait tous les jours pour Tang-Bi et demanda à Dieu de lui faire grâce d'aller composer sans problème.

Le jour de l'examen arriva et Tang-Bi s'y présenta, méconnaissable tellement il avait dépérit.

A huit heures zéro minute zéro seconde, l'examinateur distribua les copies. Dès que Tang-Bi prit son stylo et jeta un regard sur sa feuille, il ne vit plus rien ? Sinon que du noir et se plaignait d'une très forte migraine jamais ressentis jusqu'ici. Mais c'est mal connaître le fils de Nôbôh. Il refusa d'abandonner et resta dans la salle malgré qu'il ne pouvait rien voir et faire.

La moitié de l'heure épuisée, Tang-Bi reçu une lumière dans son esprit, lâcha son propre stylo puis arracha celui de son voisin et demanda une autre copie. Ce dernier ne se plaignit pas et prit tranquillement le stylo de Tang-Bi pour continuer l'épreuve. Dans ces nouvelles conditions, Tang-Bi réussi tant bien que mal à composer toutes ses épreuves.

*Le lendemain, tôt le matin, Bimpour se rendit précipitamment chez Titinda.*

— Qu'est-ce qui t'emmène ici si tôt ? Demanda Titinda.

— Tang-Bi a réussi à présenter l'examen. Répondit-elle !

— Ce n'est pas vrai, tu blagues ou quoi ? Comment a-t-il fait ? As-tu oublié d'envoûter son stylo ? Demanda Titinda à Bimpour.

— J'ai fait tout ce que tu m'as dit Titinda. Mais depuis quelques temps il fréquente les prêtes Toubabous là.

— Ah c'est la raison. C'est certainement le Puissant Dieu des Toubabous-là qui le protège. Et là, nous sommes mal barrés car je vois qu'il sera admis avec la mention très bien.

— Non, pas ça Titinda. Non, je t'en supplie, pas ça, fais quelque chose. Je sais que tu peux faire quelque chose.

— Comme quoi par exemple interrogea Titinda car je manque d'idées.

— Nous devons lui ôter la vie et donner son admissibilité à mon fils En-Youli qui est venu avec moi aujourd'hui pour adorer tes fétiches.

*A ses mots, En-Youli fier de sa mère, fixa Titinda, sourit un instant puis acquiesça de la tête ; comme pour dire c'est vrai, il me faut cette admissibilité Titinda.*

— Parfait cria Titinda, c'est la meilleure proposition que tu m'aies faite jusque-là ma fille chérie Bimpour. Je suis

Titinda, je me définis par le mal et les ténèbres sont ma demeure. Je me nourris de sang humain et celui de Tang-Bi me rendra certainement encore plus puissant.

*Après quelques incantations, il reprit :*

— Alors ma fille, les dieux vous demandent cinquante bœufs tout rouges, quarante boucs rouges et mille œufs de cailles. Vous avez un délai de trois jours pour rassembler tout ça si non En-Youli mourra.

— Quoi ? En-Youli mon fils chéri ? Supplia Bimpour en suppliant à genoux Titinda le malfaiteur.

— Ah ah ah ! Fallait bien y réfléchir avant de venir me voir. Pas de pitié ici dans le monde des ténèbres. Maintenant l'horloge tourne et tu feras mieux de te presser pour réunir les exigences des dieux. Sinoooon… ! Hummmmm ma fille…! Sinon…! Tu regretteras toute ta vie d'être venue me voir. Ah ah ah ah ah !

— Ok, ok Titinda ! Ne te fâche pas s'il te plaît !

*Bimpour et son fils se mit alors à rechercher tout ce qu'avait demandé Titinda. Et ils réussirent à réunir à temps les exigences des dieux.*

*Le jour du rendez-vous arriva. Bimpour et son fils se présentèrent à nouveau devant Titinda qui ne manqua de leur adresser les félicitations des dieux.*

« Que le jeu commence ! A nous deux Tang-Bi ! Cette fois, tu ne t'en sortiras pas du tout. Même ton Dieu blanc ne pourra rien faire pour toi. Ah, ah, ah, ah, ah, ah ! C'est si beau de faire souffrir les autres ! Oui c'est beau de travailler pour les ténèbres ! »

*Pendant le rituel, voilà qu'arriva M. You-pkida sobriquet You-pki, le directeur de l'école de Tang-Bi, un fils spirituel de Titinda.*

— Ooooh, regardez comment les dieux savent si bien faire les choses. S'écria Titinda ! Qui est-ce que je vois-là ? Tu arrives au bon moment mon fils You-pki ! J'ai une mission pour toi.

— Enfin soupira You-pki… Voilà une mission pour moi. Je commençais vraiment à m'ennuyer mon père Titinda. Cela fait une semaine que j'ai occasionné cet incendie meurtrier qui n'a seulement fait que 18 morts au marché du village et je m'impatiente déjà à nouveau de détruire d'autres vies. Je suis à tes ordres père Titinda. Parle…oui ordonne et je m'exécuterai sans délai.

— Connais-tu cette femme ? Demanda Titinda.

— Bêêêêh, non ; son visage ne m'ait pas du tout familier. Par contre je connais ce garçon. C'est le jeune frère du brillant élève Tang-Bi.

— Mais que fais-tu ici En-Youli ? Interrogea You-pki.

— Je…, je…, je…, monsieur, je…, je… Tutuba En-Youli.

— Cette femme est la mère de ce garçon. Elle s'appelle Bimpour. Repris Titinda.

— Tient… C'est elle la célèbre Bimpour ? J'ai tellement eu écho de ses ravages que je rêvais de la voir. Enfin, ouf, je suis très enchanté de faire ta connaissance Bimpour. De plus, tu es très belle, tu es une véritable fée.

*Bimpour fut très émue par cette phrase de You-pki car depuis vingt ans c'est la première personne qui lui dit cela. Son mariage n'était qu'un arrangement et non basé sur le véritable amour. Jusque-là, elle n'était réduite qu'à un objet qui devait combler l'appétit sexuel de Jamal le grand combattant des toubabous.*

— Ecoute moi maintenant mon fils, dit Titinda : « inscris le nom de En-Youli sur la liste des admis à l'examen du CEPE. »

— Mais grand maître Titinda, En-Youli est au CM1.

— Je m'en fou s'énerva Titinda. Fais-le ! C'est tout ce que je te demande. Et Bimpour te donnera du dolo à boire tous les jours en guise de sa reconnaissance.

— Han !!! Du dolo gratuitement à vie ? C'est ok grand maître ! Puis se retournant vers Bimpour, You-pki lui tapota l'épaule et dit : *« Considère que c'est déjà fait Bimpour. Ton fils En-Youli vient d'être déclaré admis au CEPE. Je suis monsieur le directeur You-pkida et c'est moi qui commande. »*

Sans surprise, le jour de la proclamation des résultats arriva et le directeur déclara En-Youli admis à la grande surprise de tous. Seule, Bimpour cria de joie forcée. En cet instant précis, le soleil perdit sa clarté, le tonnerre gronda fortement, le ciel devint brusquement tout noir au point où on pouvait à peine voir son voisin. Les villageois compris alors que quelque chose ne tournait pas rond dans cette affaire mais personne n'osa parler librement.

Tous, en effet, craignaient Bimpour pour leurs vies. Même Jamal, le grand combattant des Toubabous, désormais affaibli par le coup de l'âge, avala lui aussi sa langue. C'est vrai dit-il, que j'aime mon fils Tang-Bi, mais il serait sage que je me taise. Il n'y a rien à voir ici. De plus, En-Youli est aussi mon fils. N'est-ce pas vrai ?

C'est ainsi qu'il s'encouragea lui-même. Jamal nia publiquement l'évidence car il craignait très sérieusement la colère de sa femme. Le malaise était vraiment très grand à Diibôh ces temps-là!

Frustré, Tang-Bi, quitta un mois plus tard Diibôh après sa guérison, pour se rendre à Sababou-Sôh le pays des hommes bénis avec un nouvel objectif. Celui d'obtenir un permis de conduire et retourner dans son Diibôh natale qu'il chérit tant dans son cœur, pour se lancer dans le transport avec la vieille voiture « Badjan » de son père qui est garée depuis des années au garage. Abandonnée dans la poussière, les souris, les blattes et même les serpents en avaient fait leur nouvelle demeure.

# Chapitre 8

## LE SEJOUR DE TANG-BI A SABABOU-SÔH

Après une semaine de marche, Tang-Bi arrive enfin à Sababou-Sôh un samedi nuit. Pour son voyage, Tang-Bi n'avait qu'un sachet bleu où il avait enfilé ses habits et une gourde d'eau. Innocent, Tang-Bi traverse une zone assiégé par le plus grand gang du pays. Il marche, marche, tout seule sans même s'interroger pourquoi il était tout seul sur cette rue.

Hé ! Toi-là, où vas-tu ? Cria soudain, un groupe de jeunes gens aux visages hideux et armés de gourdins en s'avança vers lui. Trop tard, au moment de se rendre compte, Tang-Bi se vit encerclé par ces jeunes. Ils le palpèrent sans rien trouver d'intéressant sur lui. Alors, ces jeunes voulu lui faire du mal. Mais Bob le chef du gang qui observait toute la scène depuis son quartier général de fumoir, cria d'une voix forte et crasseuse : « Malheur à celui qui va le toucher. Emmenez-le moi ici. »

Bob, le chef vient de parler ; qui dit mieux. Silence totale. Ils firent donc descendre Tang-Bi dans le fumoir malgré eux.

Dandinant, Bob, avec ses yeux tout rouge fumant comme le centre d'un volcan, qu'il pouvait à peine ouvrir, réunit toutes ses forces, se leva et s'avança vers Tang Bi.

— Tu n'es pas d'ici n'est-ce pas petit ?

— hunhun ! Acquiesce Tang-Bi.

— Douwawoudin ! Tu as de la chance, Dieu est avec toi car je suis de bonnes humeurs aujourd'hui. De plus, tu sembles être quelqu'un de bien. Passe la nuit avec nous et demain tu t'en iras où tu voudras.

C'est ainsi que Tang-Bi passa sa première nuit avec ce gang. Tang-Bi ne ferma presque pas les yeux cette nuit-là et se demanda pourquoi ces jeunes gens étaient devenus rebelles à la loi en trouvant domicile dans la rue ? Se souvenant en ce moment-là de son frère En-Youli, il fit une prière pour lui en demandant à Dieu de le ramener sur la bonne voie. Pour lui En-Youli demeure son frère c'est pourquoi il accepte de lui pardonner toutes ses fautes.

Tôt le lendemain matin, sachant que son avenir ne se trouvait pas parmi eux, Tang-Bi quitta le gang avec la bénédiction de Bob. Il se trouva ce même jour, un boulot de manœuvre dans une rizière. A midi, yacik le propriétaire du champ, fit une visite inopinée pour voir comment avance les travaux. Observant l'avancée des  travaux, yacik félicita son maître d'ouvrage et en même temps demanda :

— Qui est ce jeune homme qui travaille avec diligence et qui reste si propre même dans une rizière ?

*Alors le maître d'ouvrage fit appel à Tang-Bi et Yacik lui proposa de devenir son nouveau cuisinier.*

— Sans problème répondit Tang-Bi, pourvu que j'aie un salaire meilleur que celui-là.

— Tu auras mille cinq cent francs comme salaire par mois. *Tang-Bi accepta ce nouveau challenge car il gagnerait cinq cent francs de plus  que celui de manœuvre qu'il occupe.*

L'évolution de Tang-Bi était si remarquable ; c'est comme s'il avait toujours fait ce boulot. Au bout de deux mois seulement, il réussissait à faire exactement tout ce que lui commandait Yacik. Mais ce Yacik, escroc qu'il est, lui demandait toujours plus sans même penser à augmenter son salaire. Tang-Bi le lui a demandé plusieurs fois mais sans gain de cause. Avec ce salaire maigre, Tang-Bi ne perdit jamais sa vision première qui est d'obtenir un permis de conduire afin de devenir transporteur. Ainsi, au bout de cinq ans, Tang-Bi économisa soixante mille francs. Avec cette somme il passa son permis de conduire avec succès et rendit sa démission pour retourner dans son Diibôh natale.

Durant ces cinq ans, il pensait toujours à son Diibôh natale. Il l'avait certes quitté physiquement, mais dans son esprit, il est toujours à Diibôh. Enfin, il pouvait maintenant retourner poursuivre son rêve.

En revanche, ce que Tang-Bi ne savait pas, c'est que Diibôh lui réservait encore beaucoup de surprises. Cinq années étaient passées, beaucoup de choses aussi c'était surement passées à Diibôh. La vie n'a pas encore fini d'enseigner ses leçons au jeune agneau Tang-Bi.

Quelles surprises Diibôh réserve-t-il encore à Tang-Bi ?

# Chapitre 9

## RETOUR DE TANG-BI A DIIBÔH

*Le vieux Badjan recouvert de poussière fait son entré à Pabouôr avec son bruit assourdissant et penché sur le côté comme si un léger vent va le renverser.*

Tang-Bi tout excité s'écrit :

— Vite chauffeur, viiiiite ! S'il vous plait ! Nous devons rentrer avant la tombée de la nuit à Diibôh.

— Mais j'ai appuyé l'accélérateur à fond ! Un peu de patience jeune homme. Il est préférable de rentrer à la maison vivant et en pleine forme sur tes deux pieds plutôt que de rentrer sans vie. Comprends-tu cela ?

*A ces mots, Tang-Bi se ressaisi et se rassoir.*

Il est dix-sept heures, le Badjan freine fioooooooh. La poussière s'élève, les enfants courent tout heureux de voir une voiture pour jouer dans cette poussière tout en criant à tue-tête : Mobili, mobili, mobili, mobili.

Tang-Bi, pressé de descendre saute par la fenêtre du vieux véhicule sans vitre. Ensuite, il coure en direction de la maison. Il eut l'impression que tous les villageois qu'il rencontra sur sa route voulaient lui annoncer des nouvelles mais personne n'eût suffisamment le courage. Il continua quand même son chemin. Le voilà maintenant à l'entrée de la maison. Il constata que la cour était trop calme pour une famille de trente-cinq enfants, habitant dans la même cour qu'il avait laissée avant de s'en aller à Sababou-Sôh. Alors il eut un sentiment de peur.

*Mais Dès-que Bimpour le vit, elle n'attendit même pas qu'il franchisse le seuil de la maison et questionna :*

— Ahiiiii ! Que fais-tu ici Tang-Bi ? S'étonna Bimpour.

— Je suis de retour mère, avec mon permis de conduire répondit-il avec un large sourit aux lèvres. Comme vous le savez tous, je suis allé chercher de l'argent à Sababou-Sôh pour passer mon permis de conduire en vue de m'essayer dans le domaine du transport avec la voiture de papa.

— tchrrrrrrrrrrrrrr….. De quelle voiture parles-tu ? Cette vieille ferraille encombrante de ton père ? Je l'ai offert à mon cousin. Il est mieux de l'offrir à un homme qui a de l'avenir qu'à toi le fils de Nôbôh. Cracha sans pitié Bimpour.

*Au même moment, Jamal sort de la chambre et embrasse son fils.*

— Père, est-ce vrai tout ce qu'elle dit ?

— Oui, dit Jamal en baissant la tête tout confus de honte. Crois-moi mon fils, il vaut mieux ainsi car je ne veux pas te perdre. Avec cette voiture, tu risques un accident qui t'en portera. Et puis, tu sais, beaucoup de choses se sont passées ici à ton absence. Ne reste pas là dehors. Tu es le bienvenu dans la maison de ton père.

*Mais Tang-Bi tout en larmes, se retourna vers sa marâtre et lui dit :*

— Mère, pourquoi m'as-tu fais ça ? Que t'ai-je fais pour mériter tout cela ? Tu m'as d'abord volé mon diplôme de CEPE pour le donner à ton fils et maintenant, c'est le véhicule que tu m'arraches pour ton cousin ?

— D'abord je ne suis pas ta mère. Ensuite, tu mérites franchement de souffrir Tang-Bi et tu ne payes pas pour attendre. Ha !ha !ha !ha ! Morte de rire.

*Tang-Bi regarda son père qui resta encore une fois muet.*

— Bêh, père, pourquoi as-tu laissé faire ?

Cette fois, Tang-Bi ne peut supporter  et se mit à pleurer à chaude larmes. Il se vit vraiment tout seul dans ce monde si cruel.

Jamal attendit quelques temps après que Tang-Bi s'est calmé pour lui annoncer qu'en une seule nuit sa famille a été décimée dans un incendie. Seul Bimpour et ses enfants sont vivants.

Un autre coup dure pour Tang-Bi. Assez ! Assez ! Puis il courut pour s'enfermer dans sa chambre et ne voulut pas être dérangé. Il passa toute la nuit en pleure et se demanda pourquoi Dieu a-t-il permit une telle chose ?

Le lendemain, il apprit par son père, que En-Youli est allé lui aussi à Sababou-Sôh et il a pu se trouver  un emploi grâce à  son CEPE, un poste de responsable dans la compagnie « SôhRail » chargée de réguler le transport du chemin de fer entre Sababou-Sôh et Pabouôr d'une part et entre Sababou-Sôh et Delim d'autre part. Aussi, tous les jeunes de sa promotion ont quitté le village pour soit Pabouôdi la capitale de Pabouôr, soit Sababou-Sôh à la recherche d'un mieux-être. Il n'y avait plus de vie à Diibôh. Tout le monde se méfiait les uns des autres. Il ne restait étrangement que des vieillards à Diibôh. A la vue de ce paysage sombre qui règne à Diibôh, Tang-Bi eut le cœur très triste. Il se sentit inutile, incapable et totalement impuissant. C'est comme s'il se trouvait au cœur même du feu de l'enfer. Il réalisa que jamais il n'a connu de bonheur depuis sa naissance. Depuis son  enfance, il ne connait que la souffrance.

Deux jours plus tard, il décida de retourner sans plus tarder à Sababou-Sôh, la mort dans l'âme pour poursuivre d'autres nouveaux objectifs.

*Tang-Bi va-t-il se dégonfler et perdre sa foi en l'avenir de son Diibôh natale ?*

# Chapitre 10

## LES NOCES DE TANG-BI

Tang-Bi revint à Sababou-Sôh et reprit son service chez monsieur Yacik. Des jours passaient mais Tang-Bi n'avait pas encore digéré les mauvais coups de Bimpour et tout le malheur qui frappe Diibôh sa terre natale. Il passait des nuits à se demander ce qu'il a bien pu faire à cette femme pour qu'elle le déteste à ce point. Et pourquoi tant de malheur dans sa famille ?

Ces interrogations quotidienne sans réponses, ont fait que Tang-Bi avait dépérit et totalement perdu sa joie de vivre. Il ne pouvait passer inaperçu devant tous ceux qui le connaissait. Peu à peu, Tang-Bi se retira dans son univers et coupa tout contact avec ses amis.

Désormais, sa vie tournait autour de son travail et à la maison. Quand on avait besoin de lui, nulle utilité de chercher longtemps. S'il n'est pas au travail, alors c'est sûr qu'on va le trouver à la maison.

Tang-Bi, submergé par toute cette affaire de famille, s'éteignait peu à peu jusqu'au jour où, à sa grande surprise, son père Jamal le grand combattant des toubabous frappa à sa porte. Il fut encore plus surpris quand il remarqua la présence de la jeune belle fille qu'il convoitait depuis son enfance à Diibôh.

— Père ! Euh…C'est…C'est… Est-ce vraiment toi ? Oh, je vous en prie, ne restez pas là dehors. Veuillez rentrer s'il vous plaît.

— Merci mon fils.

Comme le voyage fut très long, Tang-Bi proposa à ses invités de prendre d'abord un bon bain. Puis il demandera les nouvelles. Quelques instants après leurs bains et leur dîner, pendant la petite causerie, il dit :

— J'avoue que je ne m'attendais pas du tout à vous voir aujourd'hui. Toutefois, je suis très heureux de vous accueillir chez moi. Ici, c'est aussi chez vous. Père, quelles sont les nouvelles qui vous emmènent jusqu'ici à Sababou-Sôh?

— Les nouvelles sont bonnes mon fils. Tout le monde à Diibôh se porte bien et tu as leurs salutations. Seulement, il y a déjà deux ans que tu nous as quitté dans un piteux état et je suis venu m'enquérir de plus près de tes nouvelles.

— Bon arrivé père ! Je me sens très honoré par votre arrivé. Maintenant y a-t-il une seconde nouvelle ?

— Ah mon fils, tu sais que je prends de l'âge et je n'arrive même plus à distinguer la couleur des objets car ma vue a vraiment baissé. Cela sous-entend que mon heure pour aller rejoindre mes pères au séjour des morts n'est plus loin. Et comme la tradition l'exige à Diibôh, un père se doit de donner une femme à son fils. Cette jeune fille que voici s'appelle Kêbôh. Je l'ai vu naître et grandir. C'est une très bonne fille et ses parents sont des hommes très vertueux et philanthropes. Aussi, je la trouve parfaite pour t'aider à accomplir ta destinée sur terre. Sans doute, elle saura te prodiguer de sages conseils dans tout ce que tu feras et prendre soins de vos enfants s'il plaît à Dieu de vous en donner.

En entendant ces paroles de son père, Tang-Bi renoua à nouveau avec le sourire. Ce geste qu'il avait pratiquement perdu au fil du temps à cause des blessures de la vie qu'il avait connu. Il eut tout d'un coup une grande lumière comme celle venant de Dieu qui vint changer sa mine. C'est la seule bonne nouvelle qu'il eut depuis plus de quinze ans. De plus, c'est la seule fille qu'il convoitait depuis son enfance. Tang-Bi se rendit compte que sa prière est exhaussée.

— Comment vas-tu Kêbôh ? Demanda-t-il en la fixant droit dans les yeux ?

*Baissant sa tête voilée, Kêbôh sourit puis répondit avec une tendre et douce voix :*

— Je vais bien, merci !

Reconnu pour sa promptitude, sa diligence et son dévouement à bien faire les choses, Tang-Bi se présenta avec sa femme dès le lendemain matin devant le maire pour légaliser son mariage puis après la cérémonie civile, il se dirigea à l'église pour recevoir la bénédiction de Dieu. En la présence des autorités religieuse, de son père et de tous les invités, Tang-Bi dit-à-sa femme : « Si *Kêbôh* veut dire ''*femme vertueuse*'', particulièrement je t'appellerai « *N'Kêbôh* » qui signifie ''*Ma femme, tu es vertueuse*''. Et Kêbôh promis à son tour de l'appeler ''*N'Tangba*'' qui se traduit par « *Mon seigneur ou mon maître* ».

Bien que ce fût précipité, tous ses amis témoignèrent leur amour envers lui par leur présence et la cérémonie fut très belle malgré son caractère modeste.

Après la bénédiction nuptiale et les festivités, Jamal le père de Tang-Bi béni ses enfants en demandant au Tout Puissant Dieu de leur accorder beaucoup de bonheur et plusieurs enfants. Ensuite, il retourna chez lui à Diibôh tout heureux d'avoir accompli d'une part son devoir de père et, d'autre part, d'avoir agir selon la coutume de ses pères.

Cependant, quand son père fit une distance d'environ deux cents mètres, Tang-Bi courut à sa suite pour l'embrasser très fort. Puis il ajouta : *« transmets s'il te plaît à Diibôh mes salutations les plus distinguées. Dis-leurs aussi que je reviendrai bientôt et le soleil se lèvera pour Diibôh. »*

Au lieu de se préoccuper du sort de Diiboh, Tang-Bi ne gagnerait-il pas à s'interroger sur comment arriverait-il à pouvoir convenablement aux besoins de sa femme avec son maigre salaire qu'il perçoit chez Yacik ?

# Chapitre 11

## TANG-BI CHEZ MONSIEUR GENTES

Un an plus tard, Tang-Bi devait maintenant pouvoir aux besoins de sa femme et de sa fille âgée d'à peine trois mois. Son salaire ne lui procurait pas satisfaction et voici qu'il doit à présent prendre soin de deux autres personnes. Il se mit donc à rechercher un nouvel emploi en vue d'augmenter son portefeuille.

En effet, quand il percevait son salaire, ils le dépensaient en moins de deux semaines. Et Kêbôh devait utiliser son intelligence pour joindre les deux bouts jusqu'à la fin du mois. Pour se faire, elle fit un champ d'une variété de cultures. Des fois, lorsque la nourriture est insuffisante, Kêbôh s'en prive pour la garder à son Seigneur. C'est seulement le reste de ce dernier qu'elle mange plus tard. Jamais elle ne froissait sa mine devant son mari ni ne boudait à son absence. Mais toutefois qu'elle avait l'occasion, elle bénissait Dieu pour la vie qu'il leur donne.

Après plusieurs mois, Tang-Bi finit par être employé par monsieur Gentes, un volontaire Toubabou envoyé par son pays pour instaurer les bases de l'école à Sababou-Sôh ancienne colonie Toubab.

En un laps de temps, Tang-Bi dévora tous les livres de la cuisine Toubabou. Aussi, la compétence de Tang-Bi étant évidentes, monsieur Gentes n'hésite plus à inviter ses amis Toubabou à dîner chaque week-end avec lui. Bientôt, Tang-Bi se fait beaucoup d'amis et devint le chouchou de tous les amis de Gentes. Comme quoi un ventre rassasié n'a de problème avec personne.

Un lundi matin fatidique, après une dictée où personne n'a pu écrire le mot « époux », Gentes se mit en colère contre ses auditeurs et lança : « *Mais comment est-ce possible ? Vous ne savez pas écrire le mot époux ? Honte à vous qui prétendez devenir des instituteurs voire même des cadres dans peu de temps. Qu'est-ce que vous allez enseigner donc ? Dites-moi ? Bande de vauriens. Même mon cuisinier à la maison sait écrire ce mot.* »

Grnnnnnnn marmonna d'abord les futurs enseignants et cadres. Puis, le chef prit courageusement la parole et dit : « *Quand même monsieur, ne nous comparez pas à votre cuisinier ! Bêh… Enfin…Respectez-nous-là !* »

Gentes continua à insister que son Tang-Bi peut écrire ce mot. Très rapidement, la discussion devint très vive si bien que le directeur de l'école décida d'aller voir ce qui se passe dans la classe de monsieur Gentes. Ayant pris connaissance du sujet, le directeur affirma :

— Oh monsieur Gentes, ne pensez-vous pas que vous exagérez quand même ?

— Pas du tout, il vaut plus que ce que vous prétendez, insista monsieur Gentes.

— S'il est si compétent comme vous le prétendez, qu'est-ce qu'il fait donc chez vous comme un simple boy ?

— Dites tout ce que vous voulez monsieur le directeur, mais vous ne pourrez pas me faire changer d'avis. Mon Tang-Bi vaut bien mieux que ces idiots assis devant moi et qui ne peuvent même pas écrire le mot « époux ». Pire, ils sont supposés transmettre la connaissance à la nouvelle génération et conduire l'administration de Sababou-Soh. Je me demande même ce qu'ils pourront transmettre comme connaissance à leurs disciples ?

— Merdes alors !

*S'énerva brusquement monsieur le directeur exacerbé par les propos de monsieur Gentes.*

— Pouvez-vous le faire venir ici pour qu'on mette fin à cette discussion inintelligente ? S'il réussit je promets de lui donner une somme de soixante-dix mille francs défia le directeur.

— Ok, j'accepte de relever le défi.

*Ainsi, le directeur envoya ''Sitouin''son chauffeur personnel pour chercher Tang-Bi.*

*Tang-Bi était préoccupé aux affaires de cuisine quand arriva le chauffeur ''Sitouin'' qui se trouva être son voisin de quartier.*

— Bonjour Tang-Bi, ton patron m'envoie te chercher.

— Qu'est-ce qui ne va pas pour qu'il t'envoie me chercher à cette heure de la journée ?

— Arrête un peu avec tes questions, tu le sauras une fois que nous serons là-bas. Interrompt s'il te plaît ce que tu fais et allons-y tout de suite.

— Ok Sitouin, seulement accorde-moi juste une minute.

Quelques instants après, Sitouin le chauffeur revint avec Tang-Bi. On lui expliqua la confiance que son patron Gentes place en lui. Mais aussi ce qu'il pourrait gagner s'il relève le défi.

Emu par la confiance que son patron place en lui, Tang-Bi répondit par l'affirmative et se dit prêt à relever n'importe quel défi pour l'honneur de son patron. Alors monsieur Gentes ajouta : « Ecoute, si tu réussis mon cher Tang-Bi, j'ajouterai aux soixante-dix mille francs que va te donner monsieur le directeur, une somme de cinquante mille francs.

Quoi ? Cent vingt mille francs en un seul jour ? A quel jeu jouent-ils ? C'est bien dix fois ce que je gagne en un mois marmonna Tang-Bi.

Comme un éclair, il vit en flash tout ce qu'il pourra faire avec cette somme. Avec cette somme se dit-il, je pourrai enfin  offrir un pagne 'Wax' à ma chérie N'Kêbôh et pouvoir aux besoins de notre fille adorée.  Je ne peux rater cette occasion se dit-il car il y a longtemps que N'Kêbôh n'a reçu aucun cadeau venant de moi.

Alors Tang-Bi prit la craie, avança avec assurance au tableau sous le regard de tous et on lui demanda d'écrire le mot « époux ».

Il sourit puis marmonna : « Mais c'est seulement à cause de ça qu'on m'a fait venir ici ? Puis réfléchissant il ajoute, mais cela vaut quand même la peine car je me ferai beaucoup d'argent aujourd'hui. Ainsi, en une seconde seulement, Tang-Bi écrivit correctement le mot « époux ».

Ouahou ! Tang-Bi vient de relever le défi et évita la honte à son patron Gentes ! Heureux et si fier, monsieur Gentes soulève son distingué cuisinier en signe de triomphe tout en scandant « Tang-Bi, Tang-Bi, Tang-Bi ». Le directeur et tous ces futurs instituteurs eurent honte ce jour-là et l'acclamèrent quand même.

Après cet événement, monsieur Gentes, encore plus fier de son protégé, lui fit la promesse de l'envoyer avec lui un de ces jours, au pays Toubabou pour les vacances.

Gentes honorera-t-il sa parole ?

# Chapitre 12

## TANG-BI AU PAYS DE GENTES

Depuis ce moment, Tang-Bi ne vécut que des événements heureux. Il fut encore plus heureux quand N'Kêbôh lui donna un fils.

Monsieur Gentes prit ses vacances et l'invita comme promis à aller avec lui au pays Toubab. Ce qu'il accepta naturellement. Tang-Bi s'assura d'abord que sa famille ne manquera de rien à son absence.

Tang-Bi visita le pays des toubabous dénommé ''Blôfêdi'' du Nord au Sud ; de l'Est à l'Ouest en passant par le Centre. Comme à ses habitudes, Gentes invite son ami Rachic, le maire de la capitale Rispa à un dîner chez lui. Il accepta sans forcer car c'était l'occasion pour les deux amis de se retrouver pour bavarder un peu.

Rachic aima beaucoup le dîner à telle enseigne qu'il proposa à Gentes de débaucher son cuisinier Tang-Bi. Alors s'engagea une discussion :

— Quel beau dîner tu nous as fait là Gentes ? Il y a longtemps que je n'ai pas mangé une si bonne cuisine. Comment ton cuisinier a-t-il pu faire ces spécialités de Blôfêdi comme si c'était la cuisine de chez lui ?

— Tang-Bi est un brillant garçon et il apprend très vite. Il se forme lui-même à partir des livres de nos grands chefs de cuisine. Répondit Gentes.

— Ouahou ! C'est exactement d'un cuisinier comme lui que j'aie besoin actuellement. Je souhaite que tu le laisses avec moi pour être mon serviteur s'il te plaît.

— Débaucher mon Tang-Bi ? Bêh tu blagues où quoi mon pote Rachic ?

— Je n'ai jamais été aussi sérieux et rien qu'à bien m'observer tu peux l'apercevoir.

— Oui je sens que tu es sincère. Je ne t'ai jamais rien refusé depuis qu'on se connaît ; mais désolé, il n'est pas question pour moi de laisser Tang-Bi avec toi.

— Je lui donnerai un très bon salaire et je ferai tout pour qu'il obtienne la nationalité Blôfêdi insista Rachic.

— Ce n'est pas une question de salaire mon ami, il a sa famille à Sababou-Sôh et il faut qu'il y retourne. Répondit Gentes.

— Mais tu sais très bien que j'aie suffisamment de moyens pour faire venir toute sa famille ici. J'ai juste besoin de ton accord Gentes. Supplia Rachic.

— Tu es resté le même Rachic ! Tu n'abandonnes jamais la partie hein ! Mais cette fois je te prie mon cher ami d'accepter car j'ai signé des engagements avec l'Etat de Sababou-Sôh et je tiens à les respecter. Les vacances prochaines peut-être…

— Ok conclure Rachic en acquiesçant d'abord de la tête. Ensuite ajouta-t-il, oui, je peux patienter jusqu'aux vacances prochaines.

C'est sur cet accord que les deux amis mirent fin à cette discussion.

Le temps des vacances étant terminé, Gentes et son ami Tang-Bi retournèrent à Sababou-Sôh en étant tout heureux d'avoir passé de très bonnes vacances. Mais Gentes fut urgemment rappelé par l'Etat Blôfêdi un mois après leur arrivé. Il ne revint plus à Sababou-Sôh mais garda tout de même de bons contacts avec Tang-Bi grâce au service courrier.

# Chapitre 13

## LE BAPTÊME DE FEU

Tang-Bi se retrouve à nouveau au chômage. Heureusement que son patron monsieur Gentes devenu son ami a pris le soin de lui donner un certain montant avant de s'en aller chez lui à Blôfêdi. Le temps de se trouver un emploi, il peut s'occuper de sa famille se dit-il. Malheureusement, les choses ne se passèrent pas comme Tang-Bi et son boss avaient planifié.

Des mois passèrent, Tang-Bi dépensait tous les jours mais il n'avait toujours pas pu se trouver un nouveau boulot. Dans ce stress quotidien du chômage, on vint lui annoncer le décès de son père. Il se rendit donc urgemment à Diibôh pour enterrer son père. Face à la dépouille mortelle de leur père, Tang-Bi et En-Youli unirent momentanément leurs forces pour organiser ses funérailles.

Juste après l'enterrement, ils déterrèrent aussitôt la hache de guerre à cause de l'héritage laissé par Jamal leur défunt père. Bimpour voulu que tout l'héritage de l'illustre disparu revienne à son fils En-Youli. Mais cette fois, Tang-Bi lui résista en face et voulu que le partage soit équitable. Il demanda donc la sagesse de ses oncles et des doyens du village. Cependant il fut déçu car personne ne voulut avoir affaire avec la terrifiante Bimpour, la fille spirituelle bien aimée de Titinda le malfaiteur. Devant la lâcheté de tous ses vieillards, Tang-Bi s'énerva et retourna à Sababou-Sôh le cœur encore plus meurtrie.

Une semaine après son arrivé, N'Kêbôh la femme de Tang-Bi mit au monde un autre fils. La joie de Tang-Bi fut de courte durée car il se soucia de comment pouvoir aux besoins de sa petite famille. Oui il devait maintenant nourrir sa femme et quatre enfants dont un nouveau-né. Il avait dépensé tout ce qui lui restait pour les funérailles de son père et n'avait toujours pas un emploi.

Sans solution, Tang-Bi finit par s'adonner à l'alcool. Il rentrait  désormais à la maison tard et toujours ivre. N'Kêbôh accueillait toujours son seigneur avec joie et n'osa jamais aller contre lui. Il ne lui vint même pas une seule fois pareille pensée à l'esprit.

Comme Dieu n'oublie jamais ses enfants, il finit par être engagé à la fonction publique pour servir le préfet. Le salaire était maigre mais Tang-Bi saisit quand même l'occasion en se disant : « C'est mieux que rien. »

Toutefois, il ne réussit pas à se défaire de sa nouvelle inclination à s'adonner à « l'alcool ». Bien apprécié au travail pour son dynamisme et son efficacité, mais, vulnérable en tant que chef de sa famille. Il laissa Kêbôh seule se débrouiller avec les enfants.

Par conséquent, à sa grande surprise, il apprit un jour que sa fille chérie, sa première encore adolescente est enceinte. De plus, son amant a pris la fuite. Ce fut un autre coup dure pour lui. Il pouvait tout imaginer sauf cette nouvelle. Il vérifia et cela s'avéra être vrai. Et en vain mena-t-il une investigation cinq ans durant sans interruption, dans toute la contrée au moyen de la police, et des médias.

Alors Tang-Bi et sa femme N'Kêbôh aidèrent leur fille jusqu'à l'accouchement. Elle mit au monde un fils. Ce petit fils redonna la lumière dans la maison. Tang-Bi s'efforça d'abandonner cette nouvelle vie d'ivrognerie pendant un temps. Puis, il retomba dans le piège de l'alcool.

Alors son premier fils promis de tout faire pour l'aider à s'en sortir. Il lui demanda maintes fois et pendant plusieurs années d'abandonner l'alcool. Chaque fois, Tang-Bi lui faisait la promesse avant de sortir de la maison mais à son retour il était soûlé. Malgré les moqueries des amis de ses enfants, le fils ne se découragea jamais. Il garda la foi en Dieu en s'encourageant ainsi : *« Dieu m'exaucera un jour en délivrant mon père de cette servitude. Je sais que mon père vaincra l'alcool. Il est l'homme le plus fort que je connaisse. »*.

Des années passaient, les enfants grandissaient en statut et en sagesse. Un jour, alors que Tang-Bi est encore au travail, on vint le chercher en plein midi en voiture d'urgence sans lui dire la raison. Son patron accepta facilement comme s'il savait tout ce qui se passait et refusa de le dire à son cuisinier. Tang-Bi voulut finir sa cuisine avant de prendre congé mais son patron  le pressa de partir comme s'il sut quelque chose et refusa de parler clairement. Qu'est-ce qui se passe patron ? Demanda Tang-Bi. Mais ce dernier se tue et lui ordonna de suivre les émissaires venus le chercher.

Il monta donc dans la voiture. Dès qu'il fut arrivé au seuil de son portail, sa fille aînée encore en tenue d'école hurlait de toutes ses forces comme si elle était en train d'être dévorée par une hyène. Elle courut se jeter dans les bras de son  père. Et elle lui dit tout ce qu'elle avait entendu dire par ceux qui étaient avec lui  dans la voiture.

En effet,  N'Kêbôh était allé en voyage avec deux de ses enfants et avait laissé six autres enfants derrière elle. Les enfants présents le jour de la scène, étant encore tous petits, ne comprirent rien dans tout ce qui se passait sinon que des interrogations mêlées à la peur qui se lisaient sur leurs visages.

Tang-Bi fut à nouveau pressé de monter dans la voiture. Alors il les interrogea en ces termes :

-Avez-vous entendu au moins tout ce que ma fille vient de me raconter ? Est-ce vrai ?

*Paniqué car ne sachant pas quoi dire, ils essayaient d'inventer quelques notes humoristiques mais sans succès. L'atmosphère était trop chargée d'émotions et Tang-Bi ne pouvait pas du tout plaisanter avec un tel sujet. Au final, le plus âgé de la délégation s'adressa malicieusement à Tang-Bi :*

— Toi aussi Tang-Bi, ta fille raconte n'importe quoi. Ne t'inquiète pas. Suis-nous seulement, le temps presse. Promis, nous te raconteront tout là-bas.

— Ok doyen, j'accepte de monter sur ta parole mais ne trahi pas ma confiance.

Le chauffeur démarra et ils continuèrent leur chemin. Ils arrivèrent au bord d'un fleuve et garèrent. Tang-Bi reconnu quelques-uns de ses parents et des sapeurs-pompiers sous-marins dans le fleuve.

C'est en ce moment-là qu'on lui dit que son premier fils s'est noyé dans le fleuve. Ce que sa fille avait entendu était bien vrai. Il amassa ses forces et garda son calme jusqu'au moment où l'enfant fut trouvé sans vie. Il reconnut qu'il s'agissait bien de son fils.

Les conditions de la disparition de son fils étant très suspect, il demanda une autopsie afin de déterminer les causes de la mort de son fils. Après l'examen du corps, le médecin légiste affirma que d'après le bilan, le jeune homme a été probablement assassiné avant d'être jeté dans le fleuve. En d'autres termes, les meurtriers l'on assassiné, ensuite, voulant effacer les traces de leur meurtre, l'ont jeté dans le fleuve pour qu'il soit mangé par un crocodile.

Malheureusement pour ces assassins, des enfants qui se baignaient de l'autre côté du fleuve les avaient vu jeter le corps dans l'eau et ce sont eux qui ont couru informer leurs parents.

Après les enquêtes, il se trouva que c'était ses propres amis avec qui ils avaient fait affaire, qui l'ont assassiné. Etrangement, les coupables étaient familiers au préfet. Tang-Bi demanda justice. Ils furent tous arrêtés puis incarcéré en attendant d'être jugé. Cependant une  semaine après, ils s'échappèrent de la prison avec l'aide de certains complices. Et c'est trois mois après leur évasion que Tang-Bi fut informé.

En colère, Tang-Bi accusa son patron le préfet, d'être à la base de cette évasion car il est l'oncle de ces quatre meurtriers. Alors s'engagea une bataille entre Tang-Bi et son patron. Craignant d'être un jour empoisonné, le préfet demanda que Tang-Bi soit affecté ailleurs. Cela fut approuvé par le ministère, et Tang-Bi fut muté dans une autre ville nommée Guiza. Pour l'honneur du préfet, l'affaire fut classée et il n'obtint jamais justice.

Depuis ce malheur, Tang-Bi jura de ne plus jamais consommer de l'alcool comme le lui avait demandé son fils. Et il respecta sa promesse.

Cependant Tang-Bi nourrit toujours sa soif de se venger un jour.

Pourra-t-il se venger de ses bourreaux ? Si oui, comment va-t-il mener sa vengeance ?

# Chapitre 14

## TANG-BI POURSUIT SA VISION

Tang-Bi répand chaque nuit des fleuves de larmes de tristesse. Il se demande encore pourquoi les pays de Farafidougou sont-ils si corrompus ? De toute façon, c'est décidé, il se vengera et ce sera sans aucune pitié. Cependant comment mènera-t-il cette vengeance ? Des années passaient et Tang-Bi ne sait toujours pas la stratégie à mettre en place pour se venger si bien qu'il finit par déprimer. Il déteste encore plus ce monde pervers, cupide, égoïste et ingrat. Il tenta plusieurs fois de mettre fin à sa vie mais la présence de N'Kêbôh et de leurs enfants lui redonna espoir.

Alors sa femme N'Kêbôh lui conseilla de rencontrer leur voisin le pasteur en vue d'avoir des discussions sur tout ce qu'ils vivent depuis des années. Tang-Bi écouta la voix de son épouse et prit rendez-vous avec le pasteur. C'était juste dans le but de lui faire plaisir.

Le jour du rendez-vous arriva et, comme prévu, Tang-Bi se rendit chez le pasteur, un homme reconnu pour sa disponibilité à l'endroit des autres. Il prit tout le temps pour écouter attentivement Tang-Bi le premier jour. Ne sachant quels remèdes lui donner, il compatit juste et lui demanda de revenir le lendemain pour poursuivre la discussion.

Le lendemain, après l'avoir réécouté attentivement, le pasteur compatit encore et lui demanda de pardonner en ses termes :

*« Dans sa Parole, Dieu nous demande de pardonner sans condition à nos ennemis. Il nous fait comprendre que c'est à lui qu'appartient la vengeance et la rétribution. Ce n'est certes pas facile ; et je ne peux aussi m'imaginer toute la*

*douleur que vous avez subit durant toutes ces dernières années. Cependant, en tant qu'un serviteur du Dieu véritable et vivant, je vous demande de faire confiance à Dieu en lui laissant le soin de résoudre ce problème. Croyez-moi, Dieu sait comment résoudre efficacement les problèmes. Il est le spécialiste des cas impossible. Montrez que vous lui faites confiance en pardonnant à vos bourreaux. Et je suis sure que si vous y arrivez, Dieu vous fera voir plus de Lumière et de bonheur. ».*

Surpris et dessus des conseils du pasteur, Tang-Bi se mit en colère :

— Que dites-vous pasteur ? Vous me demandez de pardonner à ces criminels ? J'espère que vous ne parlez pas sérieusement là, n'est-ce pas ? Questionna énergiquement Tang-Bi tout en ayant même du mal à respirer du fait de sa grande colère.

*En effet, Tang-Bi s'attendait à ce que le pasteur l'encourage dans sa folie de vengeance. C'est pourquoi, grande fut sa déception quand il entendit les conseils du pasteur.*

— Si monsieur Tang-Bi ; je vous parle très sérieusement confirma le pasteur. C'est la meilleure voie et le meilleur remède pour que Dieu vous viennent en aide. Vous avez le choix entre « vous venger vous-même » et celui de « faire confiance à Dieu en le laissant vous venger ». Mais moi, je vous conseille de vous reposer entre les mains de Dieu.

— Etre vous sûr que le bon Dieu me vengera pasteur ? N'avez-vous pas d'autres conseils à me prodiguer que celui-là ? Dit Tang-Bi en s'efforçant de retenir ses émotions.

— Oui, j'en suis très convaincu monsieur Tang-Bi. Le pardon est la meilleure voie si vous et votre famille désirez renouer avec la joie et le bonheur.

— Pasteur, franchement, je ne crois pas que je pourrai leur pardonner un jour. Mais priez Dieu pour qu'il m'aide si telle est la meilleure voie.

— Ok ! répondit le pasteur visiblement émue.

Tang-Bi prit donc congé du pasteur. Une fois chez lui, Tang-Bi refusa de dîner cette nuit-là et ne voulut parler à personne. Alors N'Kebôh sa tendre épouse compris que quelque chose n'allait bien pas chez son seigneur. Elle soupçonna que  si son époux se trouve dans cet état, c'est sans doute parce que l'échange avec le pasteur c'était mal passé. Cependant, elle attendit patiemment tard dans la nuit pour l'interroger sur le contenu de l'échange avec le pasteur. Le couple discuta ainsi :

— N'Tangba, as-tu rencontré le pasteur aujourd'hui ?

— Oui ma chérie, répondit-il tristement et sèchement.

— Je vois que les choses ne se sont pas bien passées là-bas. Alors, dis-moi s'il te plaît mon Seigneur Tang-Bi, ce qu'il t-a conseillé. Je souffre de te voir dans cet état sans savoir ce qui te ronge.

— Tu sais quoi N'Kébôh ma chérie, ce plaisantin de pasteur me demande de pardonner à ces imbéciles ! Car, dit-il, c'est l'unique et le meilleur remède susceptible de me redonner la joie et le bonheur.

— En est-il vraiment sûre ? Demanda N'Kêbôh avec sa douce voix.

— Quoi qu'il en soit ma chérie, c'est impossible de faire ce qu'il me demande. Je dois absolument venger la mort de notre fils. Œil pour œil, et dent pour dent.

— Je…, je…, Tutuba N'Kêbôh.
— Quoi ! Parle, ma lumière N'Kebôh… N'aie pas peur !

— Merci mon chéri ! Je pense que nous devons écouter ce pasteur. Il sait peut-être de quoi il parle.

— Non ma chérie N'Kêbôh, ce pasteur n'a pas de cœur. Cria Tang-Bi. Mesure-t-il le poids de notre souffrance ? Je t'assure qu'il ne sait pas du tout de quoi il parle. D'ailleurs, je t'informe ma chérie que je n'y retournerai plus. Stp, fermons donc ce chapitre et laisse-moi ruminer calmement ma vengeance.

— Ok mon Seigneur ! Dit N'Kêbôh.

N'Kêbôh ne partage pas l'avis de son époux. Elle fait le choix de se taire à cause du profond respect qu'elle a pour lui. Deux semaines plus tard elle constata que son époux déprime encore plus. Alors elle décide de revenir sur le sujet. Cependant, N'Tangba resta ferme sur sa décision.

De son côté, N'Kêbôh insista nuit et jour dans sa prière à Dieu. Elle intercéda même dans le jeûne deux fois par semaine pour que Dieu incline le cœur de son époux. Elle lit de plus en plus la Bible pour savoir ce que Dieu attend d'elle et de sa famille. Mais c'est mal connaître Tang-Bi, l'intrépide et l'intraitable. Elle a mal et se demande pourquoi les hommes dans leur majorité sont-ils si orgueilleux ?

Bien des années après, Tang-Bi tomba gravement malade si bien qu'il fut hospitalisé pendant quelques semaines. A ses cheveux, se trouve sa femme N'Kêbôh pour le soutenir moralement et être à ses soins. Après diverses analyses effectuées pendant des mois, le diagnostic révèle que Tang-Bi ne souffre que d'un ulcère. Alors le médecin lui conseilla d'éviter de s'inquiéter pour peu et de pardonner à ceux qui l'ont offensé. Car, ajouta-t-il, ce genre de maladie est régulier chez les personnes qui s'inquiètent beaucoup et qui ne pardonne pas du tout les offenses des autres.

De retour chez eux, Tang-Bi voulu faire plaisir à sa femme. Alors il brisa à nouveau la glace en demandant à sa femme :

— Ma chérie, crois-tu vraiment que la meilleure solution pour nous est de pardonner totalement à ces criminels ?

— Oui mon Seigneur, répondit-elle en douceur avec un grand sourit. Je pense sincèrement que c'est la meilleure chose à faire pour nous.

— Ok, je leur pardonne. Puisse Dieu nous aider à tourner cette page triste. Dès demain matin, j'irai demander encore l'aide de notre voisin le pasteur.

— Alléluia ! Alléluia ! Cria N'Kêbôh en levant ses deux mains vers le ciel en signe d'adoration. Enfin je comprends ce verset Biblique qui stipule que « toute chose concoure au bien de ceux qui aiment Dieu. Il a fallu ces moments difficiles puis cette maladie pour qu'on arrive au pardon.

*Le jour suivant, Tang-Bi retourne voir son voisin le pasteur.*

— Bonjour pasteur,

— Bonjour monsieur Tang-Bi, répondit le pasteur surpris de le revoir cinq ans après leur dernière discussion. Prenez place, je vous en prie. Comment allez-vous ?

— Bien pasteur

— Que me vaut l'honneur de votre visite aujourd'hui ?

— Ma femme et moi, sommes maintenant près à pardonner. Nous aimerions suivre votre conseil en pardonnant à nos bourreaux. Aimeriez-vous toujours nous aider à y arriver ?

— Bien sûre, c'est avec une grande joie que je me mettrai à votre service.

— Merci pasteur, nous essayerons mais priez pour nous afin que Dieu nous vienne en aide.

— Très bien, vous êtes vraiment un brave homme et Dieu vous a donné une très bonne et avisée femme. Rassurez-vous, vous avez pris la meilleure décision. Je suis sûre que Dieu saura comment vous consoler.

Après cette résolution du couple Tang-Bi, la vie revint progressivement dans leur famille. Tang-Bi se mit à chercher, bêcher, fouiller dans tous les coins et recoins de la sainte Bible. Il invoqua nuit et jour le seigneur JESUS-CHRIST afin qu'il lui donne les moyens de réussir sa mission sur terre tout en rendant à sa manière le monde meilleur.

Finalement, il se rendit compte que toutes ces épreuves quand bien même douloureuse, ont contribuées à renforcer sa conviction. Celle de devenir une personne incontournable afin d'aider au maximum les faibles et surtout son Diibôh natale. Alors il comprit que cela passe par l'éducation de la nouvelle génération.

C'est avec ses enfants qu'il pourra atteindre son objectif et laisser à jamais son nom dans les cœurs des nouvelles générations à venir. Il tourna définitivement la page et se concentra sur son rêve d'enfance. Il doubla encore plus d'efforts et plus de rigueurs dans l'éducation de ses enfants.

Cependant, éduquer un enfant, est-ce si facile ?

# Chapitre 15

## TANG-BI ET SES ENFANTS

Avec enthousiasme, Tang-Bi mit en place un plan rigoureux pour éduquer ses enfants. Il contrôla tous leurs faits et gestes. De la maison à l'école ; de l'école à la maison ; Tang-Bi ne laissait rien passer concernant la vie de ses enfants. Il est omniprésent dans leurs vies. Au début cela marchait très-bien, mais au fur et à mesure que le temps s'écoulait, ses enfants, en grandissant, se rebellaient et trouvaient de nouvelles méthodes pour tromper la vigilance de leur père. On vint même informer Tang-Bi un matin que l'un de ses fils fréquente les voyous du quartier. Comment est-ce possible ? Se demanda Tang-Bi.

Ah-là ! Comment ça ? Un enfant Tang-Bi ne peut se comporter ainsi avec toute l'éducation que je leurs donne. Le nom Tang-Bi ne rime-t-il pas avec la bonne conduite ? Alors il sortit sans hésiter sa verge et le corrigea comme un bon père. C'était ainsi à chaque fois que ses enfants lui désobéissaient. Finalement, il constata que malgré ses efforts et ses bonnes intentions, ses enfants ne suivaient toujours pas à la lettre ses conseils. Il décida à nouveau de demander l'aide au pasteur.

— Pasteur, je ne comprends pas, je fais tout mon possible mais le comportement de mes enfants n'est pas comme escompté. Certains parmi eux sont dociles comme des agneaux et suivent à la lettre mes conseils ; d'autres font semblant de m'écouter mais quand je tourne le dos, ils reprennent les mêmes bêtises. Souvent même, ils agissent encore plus pire. Les autres, les plus récalcitrants n'hésitent pas à me lancer des saletés sur la figure comme si j'étais leur ennemi. Pourtant ils reçoivent la même éducation que les premiers. Aide-moi stp pasteur, que dois-je faire ?

*Reprenant la parole, le pasteur dit avec beaucoup de respects et d'émotions :*

— Merci mon très cher frère Tang-Bi de m'inviter dans l'éducation de tes enfants. C'est humble et sage de ta part. Mais d'entrée de jeu, sache que personne ne sait vraiment comment éduquer un enfant. Cependant en tant qu'un homme de Dieu, je lis chaque jour la Bible en vue de connaître sa volonté. Je te dirai comment je pense que Dieu souhaiterait qu'on se comporte envers nos enfants. Tu pourras te faire ensuite ta propre analyse après.

— Ok pasteur ! Bien entendu.

— Enseigne la voie du Seigneur à tes enfants. Emmène-les à aimer le Seigneur Jésus-Christ et à le rechercher de tous leurs cœurs.

— Ensuite, je te conseille de donner un peu plus de liberté à tes enfants. Mais attention, ne confond pas la liberté au libertinage. Sinon, ils se noieront totalement dans un océan de débauche.

En effet, chaque enfant vient avec un caractère particulier afin d'atteindre la destinée pour laquelle Dieu l'envoie sur la terre. En tant que parents, notre rôle doit-être de les encadrer avec beaucoup de douceur et de prier le Seigneur le Tout-Puissant DIEU afin qu'il leurs viennent en aide. Certes, la chicote est très utile mais si l'on s'en sert pour infliger une correction à chaque fois qu'un enfant commet une gaffe alors on court le risque de constater chez l'enfant un effet contraire. Soit l'enfant deviendra très rebelle aux lois de la société et finira même dans la rue et dans un gang. Soit il perdra confiance en lui-même quand il deviendra grand et ne pourra rien faire sans l'assistance des autres. La chicote est utile mais il faut savoir l'utiliser quand c'est nécessaire.

De plus, il faut aussi savoir que les enfants veulent souvent agir dans le but de plaire à leurs parents mais, par maladresse la plupart le manifeste mal. C'est aux parents de savoir les encourager en les redonnant d'avoir à nouveau confiance en eux sinon ils s'exaspéreront et tomberont dans plusieurs vices.

A ce niveau, ajouta le pasteur, permet que je te raconte une histoire : « *Il y avait un homme qui venait de s'acheter une très belle voiture avec toute son économie de dix ans. Il organisa même une fête et toute sa famille avec ses amis vinrent se réjouir avec lui. Au milieu de la fête, il vit son fils âgé de sept ans révolu en train d'écrire sur la voiture avec des tessons en verre. Alors, tout furieux comme une hyène affamé depuis plusieurs jours, il se jeta de toutes ses forces sur son pauvre fiston et le frappa méchamment jusqu'à le mettre dans un état comateux. Quelques instants plus tard, un de ces convives lui fit remarquer ce que l'enfant a écrit sur la voiture. Il s'approcha pour voir et il était écrit : « Papa je t'aime ! ». Ce père se rendit compte de sa bêtise mais c'était déjà trop tard. Il venait de commettre l'irréparable à cause d'une simple voiture.* »

— Oh mon Dieu, le pauvre père ! Je n'aimerais pas du tout être à sa place hein ! Dit Tang-Bi avec beaucoup de compassion.

— Tu vois Tang-Bi ce que la colère chez un homme peut entraîner ? Voilà un enfant qui cherchait à dire à son héros, son père, combien il l'aime et combien il est fier de lui. Le seul moyen qu'il trouva pour le lui exprimer était d'écrire sur la nouvelle voiture de son père. Il ne pouvait pas savoir que son père avait souffert pour s'acheter cette voiture.

— Oui, ce n'est qu'un innocent repris Tang-Bi. Je sais maintenant ce que je dois faire. Merci pasteur pour ta disponibilité ! Que Dieu te bénisse.

— Gloire à Dieu si tu as appris des choses aujourd'hui. En tout cas saches que j'en ai énormément aussi appris de notre échange.

— Au revoir pasteur, priez toujours le Seigneur pour ma famille et moi.
— Ok mon frère Tang-Bi.

Tang-Bi écouta encore une fois les conseils de son pasteur et changea son attitude envers ses enfants. Avec sa femme, ils firent tout ce qui était humainement possible pour que leurs enfants reçoivent la meilleure éducation possible. Malgré tous les efforts fournis, leurs enfants ne réussissaient pas bien à l'école.

Cependant l'un de ses fils nommé « Lion'son » se distingua par ses résultats, son caractère et son sens de responsabilité. Alors Tang-Bi ne résigne plus du tout sur les moyens pour encourager son brave fils. Il lui offre beaucoup de cadeaux. Il se sent fier et très honoré par ce dernier. C'est l'élu de son cœur et il croit fermement que ce dernier a une destinée particulière. Au-delà de sa modeste personne, il croit que cet enfant est un messie que Dieu lui a confié afin de sauver beaucoup de peuples. C'est pourquoi, il n'hésite pas à le citer comme un exemple en présence de ses frères. Il l'aime d'un amour particulier et sincère. Un amour que seul le cœur peut expliquer.

Malgré son maigre salaire, il s'est fait violence, en privant toute sa famille de beaucoup de choses dans le but d'offrir un vélo VTT tout neuf avec un costume complet d'une haute qualité de couleur bleu roi à son fils chéri. Ce costume, il l'a fait coudre à la taille de son fils bien aimé, par « Gilpamo » le plus grand couturier de Sababou-Sôh. La valeur de ce costume est estimée à la somme de son salaire épargné pendant sept ans.

Cependant, comment les autres enfants verront-ils ce traitement particulier de Tang-Bi à l'égard de son fils chéri Lion'son ?

# Chapitre 16

## LA HAINE DES FRERES

Cette marque d'attention de Tang-Bi envers son fils Lion'son, provoqua de la jalousie puis, cette jalousie se transforma en haine chez les autres enfants. Ils devinrent tous jaloux et eurent de l'aversion envers leur propre frère. Ils ne pouvaient plus lui parler amicalement. Chacun rumina calmement sa vengeance durant des années contre ce dernier. C'est une question de temps dirent-ils froidement.

Un jour, les enfants de Tang-Bi manifestèrent le désir de connaître leur grande famille. Tang-Bi trouva cette idée bonne car dit-il, j'espère que ma marâtre Bimpour est devenue plus douce et tendre avec le poids de l'âge. Je suis sûr qu'elle sera très heureuse en voyant ses petits-enfants. Alors, sans plus tarder, le couple Tang-Bi les laissa s'en aller avec leur bénédiction. Mais, comme tous devaient aller en même temps en vacance, Lion'son, celui qu'il aimait le plus, proposa de rester à ses côtés afin de le servir.

Tang-Bi, naïvement, venait encore de commettre une grave erreur. La brebis peut-elle confier ses petits au loup ? L'hyène peut-elle préférer l'herbe par rapport à la chair fraiche d'un animal ? Un loup domestiqué peut-il devenir un chat de maison ? Une souris peut-elle confier ses petits au vieux chat affamé du quartier ?

Nous manifestons ce que nous sommes dans notre for intérieur. Si nous sommes bons à l'intérieur, alors nous manifesterons de la bonté envers notre prochain. Tout arbre bon donne de bons fruits. Mais à l'inverse, tout arbre mauvais donne de mauvais fruits.

Certes, Bimpour a bien prit de l'âge mais elle demeure l'hyène gouvernante qui dévore Diibôh. Elle a exterminé tous ceux qui se sont opposés à elle. Les plus chanceux comme Tang-Bi ont réussi à quitter le village. Lorsqu'elle entendit les enfants de Tang-Bi se présenter, toute sa haine refit soudainement surface.

Voilà l'occasion tant rêvé : *« Cette fois-ci, Tang-Bi est cuit ; il ne m'échappera pas du tout. Je jure à nouveau au prix de ma vie que je l'étranglerai de mes propres mains. C'est ici le signe que les dieux viennent de me le livrer en m'envoyant ses enfants. Quel plat en or ! Ha !ha !ha ! ».*

Immédiatement, elle se déguisa en agneau envers les vingt-trois enfants de Tang-Bi qui sont venus passer les vacances chez elle. Elle se comporte de manière très douce si bien que ces derniers ont du mal à croire toutes les méchancetés dites à son sujet. Elle chercha la faiblesse de ses petits-enfants. Une nuit, comme à son habitude, elle écouta à la porte leur conversation. Alors, elle découvrit à travers cette causerie que ces derniers se sentaient très peu aimés par leur père par rapport à leur frère resté à ses côtés.

Voilà la pomme de discorde se dit-elle *: « Je vais utiliser la confiance qu'ils ont en moi pour créer de la chienlit dans la famille de ce maudit de Tang-Bi. Tant que moi Bimpour, la fille chérie de Titinda le malfaiteur, je vivrai, je jure que Tang-Bi le fils de Nôbôh, ne sera jamais heureux sur cette terre. ».*

Depuis cette nuit-là, chaque jour, à travers des mots malicieusement bien choisit, elle enflamma leur jalousie à l'encontre de leur jeune frère, le chouchou de Tang-Bi. La rentrée s'étend approchée, nos vacanciers retournèrent chez leur père à Sababou-Sôh désormais totalement transformés par les ténèbres et décidés de détruire la vie de leur jeune frère. Pendant longtemps, ils cherchèrent un point de discorde sans en trouver.

Le temps passait, les événements malheureux se succédaient dans la famille Tang-Bi. La pauvreté aussi battait son plein. Alors, comme un brave homme, le béni Lion'son, un adolescent d'à peine dix ans, réputé pour sa sagesse, prit le taureau par les cornes. Il exhorta ses frères à ne pas baisser les bras mais, de se battre intelligemment en rang soudé pour vaincre la pauvreté. Il définit avec l'accord de ses frères et de ses parents, des plans à exécuter sans délai afin d'éradiquer définitivement la pauvreté de leur famille. Voilà que ses aînés égoïstes qui n'ont jamais pensés au-delà du bout de leurs nez, se mirent à le jalouser. Foutaise ! disent-ils dans leurs cœurs. Petit orgueilleux, pour qui te prends-tu ? Mais par respect pour leurs géniteurs, ils ne dirent rien et feignirent de l'applaudir à la fin de son discours.

Dieu béni son plan d'action et, petit à petit, la vie commença à renaître chez les Tang-Bi. En effet, Dieu vola au secours de toute la famille en leur accordant divers opportunités. Très vite, Tang-Bi devint propriétaire d'un grand restaurant, d'un troupeau de quatre cent cinq bœufs, d'un troupeau de mille cinq cent moutons et d'une plantation de cacao qui s'étend sur une superficie de vingt-sept hectares. Tang-Bi se faisait aidé au restaurant par « Lion'son » son fils bien-aimé et sa femme N'Kéboh. Et le reste de ses enfants s'occupait des troupeaux et de la plantation de cacao. Ainsi, la famille qui baignait dans les ténèbres, commença à voir resplendit la lumière de Dieu.

Les aînés de « Lion'son » commencèrent à prospérer. Quand ces derniers virent qu'ils réussissaient bien dans la vie par rapport au chouchou de leur père, ils mirent en place un plan commun contre leur jeune frère en parlant d'une même voix. Ils se dirent les uns aux autres : *«Voyez combien nos parents aiment « Lion'son ». Ils risquent de faire de lui leur unique héritier. Ce fils maudit-là de notre père ne règnera pas du tout sur nous. Faisons donc tout notre possible pour l'écarter loin de nous. ».*

Toutefois, les frères réussiront-ils à éloigner « Lion'son » de l'amour de son père ?

# Chapitre 17

## LA GUERRE

« Lion'son » était chargé d'envoyer de la nourriture à ses frères chaque midi. Voilà qu'un jour, alors qu'il était encore avec ses frères dans la plantation de leur vieux père, il leur raconta un songe qu'il a eu la veille.

Il leur dit : *« Ecoutez le rêve que j'ai eu la veille. L'humanité toute entière était réunie dans un jardin. Nous étions tous en train de planter des arbres dans ce jardin. L'arbre de tout le monde sécha. Sauf la mienne qui se trouva au milieu du jardin. Ma plante poussa jusqu'à devenir un grand arbre avec un grand feuillage et donna de bons fruits. Les oiseaux du ciel et les animaux de la terre venaient s'y refugier. Brusquement, je vis les plantes de tout le monde se lever et venir toucher mon arbre. Quand elles le touchaient, elles reprenaient instantanément vie et poussaient jusqu'à devenir aussi des arbres. C'est alors que je me réveillai. ».*

Ses frères lui répondirent violemment : *« Voudrais-tu régner sur le monde et dominer sur nous tes aînés ? Petit prétentieux ! Tu ne paies rien pour attendre.».* Ils complotaient pour le faire mourir sur le-champ. Ils se disaient : *« C'est le moment tant attendu. Tuons-le, jetons-le dans une citerne quelconque et nous diront à nos parents qu'une bête sauvage l'a dévoré. ».*

Mais Joe le troisième fils de Tang-Bi s'opposa en ces termes : *« Que gagnerons-nous à tuer notre frère et à cacher son sang ? Vendons-le aux marchands arabes plutôt que de le tuer, car il est notre frère ! Ses frères l'écoutèrent. ».*

Il se trouva en cet instant que des marchands arabes passaient par là. Alors, sans aucune pitié, ils exécutèrent à la perfection leur plan et se partagèrent ensuite équitablement l'argent gagné. Pour marquer le sceau à leur bêtise, ils égorgèrent un bélier pour se réjouir. Ensuite, ils prirent la tunique que lui avait confectionné leur mère N'Kêbôh et la plongèrent dans le sang du bélier.

Brusquement, le ciel s'assombrit. Les ténèbres remplirent étrangement Sababou-Sôh. Un grand vent souffla et détruisit tout sur son passage. Le tonnerre gronda de toutes ses forces si bien que l'on pensa à la fin du monde.

Après une telle journée chargée émotionnellement, les frères décidèrent de rentrer à la maison. Quand ils franchirent le seuil de la cour familiale, ils se mirent à pleurer à haute voix. Ils dirent à leur mère : « Voici ce que nous avons trouvé. Regarde ! N'est-ce pas la tunique de Lion'Son ? »

Elle la reconnu. Ensuite ils ajoutèrent : « Une bête féroce l'a mis en pièces en le dévorant. C'est seulement sa tunique que nous avons retrouvé en chemin trempée dans le sang. Nous avons cherché partout dans la forêt, son cadavre sans rien trouver. »

Une bête féroce a dévoré mon fils Lion'Son ? Elle perdit connaissance. Ses fils et ses filles la réanimèrent et elle retrouva ses esprits. Des pleurs ! Que des pleurs ! On alla chercher Tang-Bi au restaurant et on l'en informa.

A cette nouvelle, Tang-Bi voulu se donner la mort mais les personnes présentent l'en empêchèrent. Tous ces enfants venaient pour le consoler, mais il refusait de se consoler et préférait mieux aller rejoindre son fils dans le séjour des morts. Il déchira ses vêtements, refusa la nourriture et l'eau pendant une semaine. Ensuite, il ordonna un temps de deuil pour son fils bien aimé durant trois mois.

Après ce temps de deuil, Tang-Bi et sa femme N'Kêbôh, se remirent peu à peu de cette tragique disparition.

Quel sort les arabes réservent-ils à Lion'Son ?

# Chapitre 18

## SUIVRE LA DIRECTION DU VENT

Ces arabes, à leur tour, l'échangèrent à des Européens contre un vieux miroir brisé en son milieu. En Europe, plus précisément à Quefra, les esclaves sont forcés à travailler dans les plantations de vignes. A l'instar de tous les autres esclaves, son maître changea son nom et l'appela « Winner ». Dieu était avec « Winner » et il faisait prospérer tout ce que ses mains touchaient. Alors on l'établit intendant générale de toutes les vignes de Quefra.

Winner, par sa diligence et son leadership remarquable, réussit en seulement deux ans, à récolter des raisins de très bonne qualité et ce, en très grande quantité. Cette performance hissa Quefra à la tête des producteurs mondiaux de vignes.

Bientôt, « Winner » obtint le respect de toutes les personnalités de Quefra. Tous les toubabous voulu toucher des doigts, cet esclave farafi qui réalisa cette sublime performance. Le nouveau gouverneur de Rispa, monsieur « Giscard le César » vint lui-même en personne pour le voir et discuter un peu avec lui.

 Au terme de leur échange, il découvrit avec émerveillement, la grandeur d'esprit de l'homme Winner. Sans langue de bois il lui dit :

— Mais monsieur Winner, je vous trouve hyper talentueux. Je vous, propose de perfectionner votre niveau scolaire.

— Super monsieur le gouverneur ! Répondit Winner avec joie et sans la moindre hésitation. Puis ajouta-t-il, je rêve de cela chaque nuit quand je dors.

— Ah bon, dis-moi, quel niveau d'étude as-tu ? interrogea Giscard le César.

— J'étais aux cours préparatoires deuxième année là-bas dans mon village à Sababou-Sôh quand je fus fait de force esclave.

*Le gouverneur Giscard marqua un long silence d'observation, ensuite compatit à sa souffrance. Puis il ajouta :*

— Tu es très intelligent. Tu iras très loin sans doute Winner.

Monsieur le gouverneur de la capitale Rispa, Giscard le César, l'adopta sans se soucier des persécutions dont il fera l'objet à cause de cet esclave Winner. Il scolarisa son nouveau filleul et le prit totalement en charge.

Le parcours de Winner fut exceptionnel et sans faute. Il fut le premier et la seule personne, dans toute l'histoire de Quefra à avoir fait en une seule année scolaire cinq classes avec succès. Il couronna ses études par un doctorat en médecine option infectiologie. Winner est un nouvel homme totalement transformé. Il pense à ses parents et chaque jour, il ne manque d'adresser au bon Dieu, d'instances supplications pour qu'il lui fasse grâce de les revoir un jour en pleine forme.

La gloire de Dieu descendit dans la maison de monsieur le maire. Il vit tous ses projets prospérer rapidement au-delà de ses attentes. Il comprit alors que la présence de Winner sous son toit, favorisa la faveur de Dieu sur lui et les siens. Il se présenta à la magistrature suprême de son pays Quefra. Winner est son conseillé. Et, sans forcer, il fut élu Président de la République de Quefra.

Winner mène une vie couronnée de succès. Mais il se sent jusqu'à présent tout triste. Et pour cacher cette tristesse, notre surdoué s'occupe l'esprit par le travail. Il s'interroge encore sur le véritable motif pour lequel ses frères ont-ils agit avec haine à son encontre.

Son Excellence monsieur le nouveau président de la République *« Giscard le César »* constata aussi qu'il n'est pas heureux. C'est pourquoi, il lui proposa de prendre sa première fille Sara encore vierge pour en faire sa femme. En tant que petit fils de Jamal le grand combattant des toubabous et le séducteur des femmes, Winner ne peut refuser ce conseil. Surtout qu'il la convoitait depuis le jour où il fut sa connaissance. Mais par crainte, il n'osa pas lui avouer son sentiment. Ainsi, accueillit-il la suggestion avec joie et trouva en Sara la consolation de Dieu.

Depuis vingt-cinq ans que Winner fut forcé de quitter ses parents pour être esclave, c'est la toute première fois qu'il se sent heureux. Sara est une épouse tendre et attentionnée. C'est une femme très instruite mais soumise à son mari. Sa démarche élégante, sa voix si douce, ses yeux bleu, son regard lumineux et sa forme angélique, laissaient Winner sans voix à chaque fois qu'il la regarde. Il aime sa femme et voit désormais la vie en rose !

# Chapitre 19

## LE MONDE FACE AU TRAUMATISME DE LA PANDEMIE

Le monde suivait tranquillement son train de vie. Les hommes vivaient totalement dans l'insouciance. Les hommes se mariaient entre eux, les femmes entre elles. On assistait même souvent à des mariages entre hommes et animaux. Tout était désordre. C'est dans cette ambiance que le Grand Dieu qui a son trône dans le ciel, frappa les humains d'une perse. Un virus qui se transmet par voie respiratoire sème la terreur sur toute la terre. Les scientifiques confessent ouvertement leur impuissance face à ce fléau qui ronge la planète. Du jamais vu ni entendu. Autrui est désormais perçu comme un danger potentiel. Tout le monde est susceptible de transmettre le virus. On se méfis les uns des autres.

Pour la première fois, toutes les grandes puissances avouent publiquement leurs impuissances. Les morts se comptent par plusieurs dizaines de millions chez les impérialistes du monde. L'Union des Etats Libertin (UDEL), la première puissance mondiale de notre ère panique et accuse les spécialistes de la santé. L'Organisation Mondiale pour le Garant de la Santé (OMGS) qui, à son tour, rejette la faute aux politiciens. Personne ne veut assumer ses responsabilités. C'est un chaos total.

Cette situation préoccupe Winner. Comme ses pairs, il met sa blouse d'infectiologue et rentre au laboratoire pour tenter de secourir le monde. Avec son équipe, ils procèdent à plusieurs expériences sans succès. Après une année de recherche intense sans replis, l'ordre des médecins anime une conférence et se déclare incompétent. Cette maladie est incurable dit-il, et il faut laisser le virus agir tranquillement jusqu'à ce qu'il disparaisse de lui-même. Nous préconisons qu'il faut apprendre à vivre avec le virus.

Cependant Winner pense le contraire et refuse de s'avouer vaincu. Ses paires le persécute et le qualifie de fou. Il persévère malgré les calomnies et les persécutions dont il fait l'objet. Cinq mois plus tard, Winner fait son bilan et trouve qu'il est à ses neuf cent quatre-vingt dix-neuvième expériences et le résultat est toujours négatif. Ils sont enterrés par centaine dans une même fosse. Les contaminations vont en grandissant et les morts ne se comptent plus. Il est l'objet de toutes les railleries et il reçoit même parfois des menaces de mort. Mais pour Winner, il n'est pas du tout question d'abandonner. C'est promis et juré, il découvrira le remède.

Sara sa chérie lui manque. Il renvoie son équipe en congé d'une semaine et, rejoins sa femme avec ses deux enfants. Avec Sara sa femme, ils initient une balade dans des vignes pour prendre un peu d'air. Sara aperçu de loin une fleur qui retint toute son attention. Elle courut pour s'approcher de la fleur afin de mieux la contempler. Puis ajouta-t-elle : *« Regarde chérie, cette belle fleur ! Elle rayonne comme le soleil quand il se trouve au zénith. Quelle merveille de Dieu ! Viens vite la voir s'il te plaît ! »*

Winner s'approche à la demande de sa femme qui semble retrouver de l'espoir et de la vitalité. Quand il vit la fleur, en ce moment précis, il se souvint que son père utilisait occasionnellement cette plante pour soigner les maladies dites incurables à Sababou-Sôh son paradis natal. C'était le grand secret de son père qui lui permettait de guérir toutes les maladies incurables. Son père lui-même l'avait reçu de son père qui l'avait aussi reçu de ses aïeuls. Il est le seul parmi ses vingt-quatre frères, à qui son père a bien voulu révélé le secret. Bien des fois, son père lui parlait des vertus de cette fleur et affirmait qu'elle guérissait toutes les maladies. Aussi l'encouragea-t-il à l'utiliser quand cela s'avèrerait nécessaire. Surtout dans les moments où tout le monde pense qu'il n'y a plus d'espoir. En effet, c'est une plante donneuse d'espoir se répétait-il avec assurance. *Alors Winner reçu sur le champ, une lumière comme un flash, qui lui redonna de l'espoir et de la vitalité. Puis s'écria-t-il :*

— Ma chérie ! Ma chérie ! Je viens de trouver la solution au mal qui ravage actuellement notre planète.

— Ah bon ! Quelle est cette solution ? Interrogea Sara sa femme.

— Elle est là, juste là devant nos yeux et dans tes mains. Cette fleur est la solution à cette épidémie.

— Comment peux-tu en être si sûr, chéri ? Demanda à nouveau Sara qui ne comprend plus rien de la flamme soudaine qui anime son mari.

Winner serre fortement sa femme contre sa poitrine comme s'il allait l'étrangler. Puis, en l'inondant de baisés, il dit : *« Tu es une bénédiction qui m'est venue du ciel. Si tu n'existais pas, je t'assure que je t'aurais créée. Ensemble, nous redonnerons de l'espoir à toute l'humanité. Crois-moi ! Maintenant retournons vite chez nous car nous avons du boulot à faire. »*

Le couple rentre précipitamment à la maison. Winner convoque d'urgence ses deux assistants. Il établit un nouveau protocole et l'équipe se remet au travail avec zèle et optimisme. Au bout d'une semaine de travail intense, il fabrique un nouvel vaccin. Place maintenant à l'expérience. Toute l'équipe est stressée. Ils ont déjà fait neuf mille neuf cent quatre dix-neuf essais sans succès. Ce nouvel vaccin représente tous leurs espoirs. Et personne ne veut prendre le vaccin pour l'inoculer au cobaye.

Cette fois, Sara est présente. Elle suggère à l'équipe de prendre le soin d'invoquer la grâce de Dieu avant l'expérience. Après la prière, Winner, comme un bon général, saisit courageusement le cobaye infecté, et l'inocule. Silence total dans le laboratoire ! Des heures après, le cobaye se porte mieux sous le regard attentif et admiratif de nos chercheurs. Un mois plus tard, le cobaye se porte très-bien. Voilà le remède se félicitèrent-t-ils !

Cependant, ils engagèrent d'autres essais pour connaître le niveau d'action du vaccin. Cela révéla que le vaccin permet seulement de freiner la propagation du virus et non de guérir le sujet.

Son Excellence Monsieur Giscard le César, un homme d'honneur et de pouvoir, se charge personnellement d'annoncer cette nouvelle au monde. Mais il est vite freiné dans son élan, par Son Excellence Bagropito, le président de la première puissance mondiale. Commence alors la bataille politique. Bagropito use de tous les moyens pour s'imposer. Il sort tous les dossiers sales et susceptibles de causer préjudice à son Excellence Monsieur Giscard le César. Il le prend nue en photo et menace de publier aussi ses crimes de jeunesses. Face à cette démonstration de force, Son Excellence Giscard le César renonce à son projet malgré lui.

Ainsi, Bagropito annonce fièrement cette découverte au compte de son pays. Ce fut un grand moment de réjouissance de toutes les populations à travers le monde. En un mois, la mortalité a chuté de moitié. Et la société de Winner est devenue le numéro 1 dans le domaine de l'industrie de la santé avec un chiffre d'affaire de cinquante milliard de dollars et une capitalisation en bourse de cent soixante milliard de dollars. A l'échelle d'un Etat-Nation, elle se situerait au huitième rang mondial et, l'année prochaine, elle devrait-être au sixième rang.

# Chapitre 20

## LA CONFIRMATION

Même si la mortalité est considérablement freinée, force est de constater que le virus sévi toujours. Ce virus continue toujours d'avoir raison sur beaucoup de personnes. Et cela préoccupe vraiment Winner. Comment éradiquer ce virus définitivement de la planète terre ?

Winner s'est spécialisé sur le prolongement de la vie. Il travaille sans relâche sur l'ADN anti-sens, la thérapie génétique, des applications microchirurgicales et les causes des infections. Il doit donc trouver le remède afin de prolonger à sa manière, la vie des populations. Ce qu'il a fait jusque-là, ne représente à ses yeux, qu'une petite goutte d'eau jetée dans la mer. Il faut qu'il achève ce qu'il a commencé. Ainsi, avec son équipe, ils sont toujours au front à la première ligne de la bataille contre ce virus. Winner est un croyant. Il sait que celui qui cherche fini toujours par trouver. C'est son Seigneur Jésus-Christ lui-même qui l'a affirmé. Cette parole est devenue son leitmotiv.

Il fouille par ci, par-là, sans oublier de vérifier la moindre hypothèse possible. Puis arrive le bon jour, ce jour tant attendu. Il tombe comme par hasard sur quelque chose de beaucoup plus puissant : Une nouvelle pilule régénératrice accélérée des cellules. Elle est non seulement capable d'éradiquer le virus mais aussi, d'extirper toutes ses formes de mutations possibles. C'est tout simplement une pilule magique ! Un vrai miracle pour de nombreuses personnes !

Une telle découverte peut créer quelques complications inattendues. Surtout que la précédente a déjà provoqué beaucoup de guerres. En effet, tous voulurent avoir son monopole pour s'amasser le maximum d'argent possible.

En témoigne, la guerre ouverte entre les présidents Giscard le César et Bagropito l'homme au visage farouche.

C'est sans doute un poids trop lourd pour un seul homme. Le monde a besoin de cette découverte. Mais le constat est qu'il ne peut pas produire au tant qu'il le faudrait. De douloureuses décisions devront-être prises par un administrateur avisé, quelqu'un qui aura une réelle capacité d'écoute, qui fera attention au détail, et qui aura de la compassion pour ses semblables.

Sara propose alors de lancer un concours de recrutement pour choisir la bonne personne. L'équipe approuve cette idée. Toutefois, le choix de la nature du concours semble encore poser de problèmes. Ils en débattent durant deux semaines. Finalement, ils finissent par trouver un consensus.

Comment se présentera ce concours ?

# Chapitre 21

## LE CONCOURS

Une société anonyme recrute de nouveaux collaborateurs. Description du poste : haut degré de responsabilité dans une entreprise prestigieuse, spécialisé dans une technologie ultra-moderne. Interdiction de poser des questions sur l'entreprise. Ainsi, sans faire de publicité, la nouvelle se répandit de bouches à oreilles par les élus locaux des grandes puissances.

Malgré que l'annonce fût discrète, nous dénombrons trois cent mille candidats qui ont postulés. Cependant, seuls deux cent mille postulants ont vu leurs candidatures être retenues.

Le concours se présente en différentes phases. Chaque stade du concours diffère du précédent et obéit à un critère de sélection très exigeant. De nombreux candidats sont éliminés progressivement. Arrive maintenant la phase finale de l'épreuve. Et il ne reste plus que huit candidats prêts à affronter l'ultime épreuve.

Cette dernière épreuve se déroule dans une salle ultra-moderne et unique au monde dans sa conception. Enfin, le jour de l'épreuve arrive. Nos huit outsiders sont tous à l'heure et ils attendent sereinement dans le hall. La sirène sonna à sept heures trente minutes et nos impétrants font leurs entrées dans la salle. La beauté de la salle avec ses caméras de surveillance, issues de la dernière génération, intimide nos brillants candidats. Une copie de format A4 renversée est placée sur la table de chaque impétrant. Mais ils ne peuvent se permettre de la découvrir avant le coup d'envoi. On ne sait pas quel autre piège les attend ici. En plus des caméras, il y a un « Garde » serein et imperturbable qui veille au grain.

A huit heures pile, un homme de plus de 1 m 90 cm de long fait son entrée. Avec une corpulence et une voix imposante, il prend la parole et commence à discourir ainsi :

*« Ecoutez-moi très bien car je ne me répéterai plus. De nombreux candidats qualifiés ont essayé d'atteindre ce stade du concours, mais ils ont échoué. Vous avez réussi. Et l'ultime épreuve est devant vous aujourd'hui.*

*Mais un dernier obstacle vous sépare de votre but avant de pouvoir rejoindre notre équipe de renom. Ce texte est une simple formalité en définitive. Il va désigner celui d'entre vous qui quittera cette pièce avec un contrat d'embauche et ceux qui la quitteront pour rentrer tranquillement chez eux.*

*Ces petites épreuves vous ont données un aperçu du pouvoir de notre organisation. Et croyez-moi, lorsque je vous dis qu'aucune loi ne peut rentrer dans cette pièce excepté la nôtres. En sus, les seules règles en vigueurs ici, ce sont les nôtres.*

*Il n'y a qu'une seule question devant vous qui ne nécessitera qu'une seule réponse. Si vous essayez de communiquer avec moi-même ou le garde, vous serez disqualifié. Si vous gâchez votre papier, intentionnellement ou non, vous serez disqualifié. Si vous choisissez de quitter cette pièce, quelle qu'en soit la raison, vous serez disqualifié. Avez-vous des questions ?*

*(Silence de cimetière dans la salle.)*

*Bonne chance à vous. Repris le surveillant. Vous êtes huit et vous allez bénéficier de soixante-quatre minutes. Soixante-quatre minutes et pas une seule de plus pour nous convaincre de vous embaucher. Soixante-quatre minutes qui vont déterminer vos soixante-quatre prochaines années. C'est partir. »*

Ainsi, le surveillant quitta la salle sous leurs regards attentifs.

Surprise ! La copie des candidats est vierge. C'est une blague ou quoi ? Comment pouvons-nous répondre à une question qui n'existe pas ? S'interrogèrent-ils. Mais personne ne peut oser parler à son voisin par peur d'être disqualifié. Dix minutes s'écoulent et nos impétrants sont toujours sans solution.

La candidate numéro 6, acculée par une forte pression du stress, prit son stylo et se mit à écrire tout ce qui lui passa par la tête. A peine allait-elle marquer le point de la première phrase que le garde mit la main sur son épaule. Il la fit sortir de force malgré ses chaudes larmes. Ici, les règles sont les règles. C'est pourquoi elle fut jetée dehors sans aucune pitié.

Ceux qui s'apprêtaient à faire comme elle, déposèrent immédiatement leurs stylos. Ouahou ! Quel stress émotionnel ? Ils ne sont plus que sept candidats. Soudain, le candidat 007 eut une lumière. Il éleva la voix et interpella son voisin de droite :

— Tu sais 003, le plus important, ce n'est pas ce que le surveillant a dit, mais nous devons plutôt concentrer notre énergie sur ce qu'il n'a pas dit. Par exemple, il n'a pas dit qu'on ne peut pas parler entre nous.

— Ah oui, bêh tiens, tu as raison ! Tu as vu juste. Répondit le candidat 003, visiblement un peu plus détendu à présent.

Soulagé d'avoir levé le premier obstacle trente minutes après, les huit concurrents résolurent de travailler en équipe jusqu'à ce qu'il trouve la question. Après, chacun pourra continuer seul.

Cependant, pourront-ils réussir à travailler ensemble en mettant de côté la dualité qui les oppose ?

## Chapitre 22

### L'EQUIPE

*Nos candidats sont obligés de sympathiser jusqu'à la découverte de la fameuse question recherchée. Chacun devra mettre au service de l'autre, son talent et son expertise. Commence alors une collaboration on ne peut plus hypocrite.*

— Peut-être que la question est écrite sur la copie avec un encre invisible à l'œil nu. Ce qui fait que nous ne pouvons pas la lire ? Supposa la candidate 004.

— Bonne idée répondit 007.

— Je propose donc qu'on passe nos feuilles sur la lumière émise par les projecteurs. Renchérie 004.

*Quelques-uns s'opposèrent à cette idée car disent-ils, c'est trop facile. Les contradictions allèrent de complication en complication. Le temps s'écoule et nos impétrants font toujours du surplace ! Alors, pour mettre fin à ce débat inutile, 004 fixa droit dans les yeux 007 le principale opposant à cette idée et exigea que toutes les pistes soient exploitées jusqu'au bout. L'équipe approuva l'idée. Ainsi, ils vérifièrent leurs feuilles en la laissant traverser par la lumière des projecteurs. Le résultat de l'expérience fut négatif car ils ne virent aucune trace d'écriture sur leurs feuilles.*

— Je vous l'avais dit. Lança 007 le narcisse qui aime tout contrôler et qui veut toujours avoir raison.

— La lumière, c'est un spectre dit 005. Il y a la lumière qu'on peut voir et celle qu'on ne peut pas voir. Par exemple, on ne peut voir les ultraviolets, les infra-rouges et les rayons X. Me comprenez-vous ?

**107**

— Mais attend une minute... Si on ne peut pas la voir, comment pourront nous la trouver ? Rétorqua 007 avec un air moqueur.

— La lumière est visible mais la source ne l'est pas. Répondit avec fermeté 004 décidée à ne pas se laisser intimider par les intrigues de 007.

— Trouvons donc les interrupteurs de la salle. Proposa 008.

*Nos candidats se mirent donc à chercher partout dans la salle sans rien trouver.*

— Il n'y a aucun interrupteur dans cette salle. Nous ne pouvons aussi sortir de la salle car souvenez-vous que l'inspecteur nous l'a formellement interdit. Stipula 002.

— Observez attentivement les tuyaux lumineux qui traversent les murs. Je pense qu'il y a un éclairage de secours dans la salle. Insinua 005.

*Un moment d'examen minutieux et l'équipe donna raison à 005.*

— Déclenchons donc un état d'urgence en cassant les projecteurs. Suggéra 004.

— Ah non ! Nous ne pouvons pas nous le permettre car si ça échoue, nous ne pourrons plus faire demi-tour. Nous baignerons dans le noir total répondit avec vivacité 003.

— Votons  donc, dit 007 en levant la main droite pour marquer son consentement.

*Le vote eut lieu et le « oui » l'emporta largement. Ainsi, l'équipe joignit l'acte à la parole en se débarrassant de tous les projecteurs. La salle réagit aussitôt en émettant de la lumière ultra-violette. Ce n'est pas comme ce qu'ils espéraient.*

— Regardez, la moitié supérieure de ces néons n'est pas allumée. Cela veut dire que nous devons aussi casser ces néons. Repris 005.

*Bêh, c'est vrai, dit l'équipe après une minutieuse observation. Ainsi, ils cassèrent ces autres néons. Et cette fois encore le résultat n'est pas celle escompté. Ils essayèrent tout ce qui leurs passaient par la tête sans succès. Il ne reste plus que 20 minutes et ils sont au nombre de sept dans la salle. Ils sont tous à court d'idées et stressés. Ce stress suscita de la colère qui enclencha momentanément une dispute entre 007 et 005. Que faut-il faire encore ? Où chercher cette fameuse question ?*

*004 se dirige courageusement vers le garde. Puis le palpe sans lui dire mot. Alors, elle découvre un briqué.*

— Regardez ce que je viens de trouver dans sa poche ! Dit-elle avec beaucoup de joie. De plus, remarquez qu'il y a un robinet extincteur là, en haut. Est-ce un hasard ? Je pense que cette salle n'est rien d'autre qu'un laboratoire photo. Et il suffit juste d'un peu d'eau pour faire ressortir une encre noir sur une feuille blanche.

— Ok, vas-y jusqu'au bout de ton idée dit 007 avec un air trompeur.

*Alors, sans réfléchir, 004 monta sur une table pour tenter d'atteindre l'extincteur. Comme elle ne pouvait pas l'atteindre, 007 prit sa copie qu'elle avait laissé sur sa table, l'enroula et lui donna.*

*Pensant qu'il s'agissait de la copie de la candidate 006 forcé de quitter la salle trop tôt, et qui leur servait désormais pour les expériences, elle y mit le feu. Elle réussit à ouvrir l'extincteur, mais là encore, le résultat n'est pas celui escompté.*

*Le garde mit la main sur elle. C'est en ce moment précis qu'elle découvrit sa bêtise. Trop tard, elle vient enfin de tomber dans le piège cruel de 007. Elle fut conduite malgré elle, hors de la salle. Fière de son geste, 007 éclata de rire et se mit à l'injurier ainsi:*

— Tu es une merde et une pourriture. Ta place n'est pas parmi nous mais dehors.

— Sale fumier, lança en réplique 005 manifestement très en colère. Tu montres enfin ton vrai visage. Tu feras mieux d'éteindre la lumière dit-il avec fureur en s'avança vers lui pour le tabasser comme son fils.

*A cette expression, la lumière s'éteignit. Et le groupe découvrit que la salle est automatique. Elle réagit en fonction de ce qu'on lui commande. C'est un nouveau pas vers l'avant. Cependant 007 n'est pas satisfait, il veut rester seul dans la salle comme le vainqueur. Alors força-t-il 001 à déchirer sa propre feuille. On le mit aussi dehors.*

— Nous ne sommes plus que cinq candidats et le compteur indique neuf minutes ; fit observer 007 tout fièrement. Au lieu de me remercier, vous vous aigrissez contre moi. Sommes-nous ici à l'église ? Cria-t-il ?

*A cette phrase, 005 envoya enfin son uppercut droit sur le visage de 007. KO ! 007 la grande gueule est KO ! Brusquement, il commença à s'étouffer. Ironie du sort, 007 est aussi atteint du virus qui sévit dans le monde.*

— Ce sont les signes du virus, dit 005, en prenant le soin de le palper.

*Il trouva un comprimé dans sa poche gauche. Mais il ne voulut point lui en donner malgré les supplications des autres candidats.*

— Au secours surveillant, nous avons besoin d'aide. Ne voyez-vous pas qu'il va mourir ? Dit 002.

*Le garde mit aussi la main sur elle et la jeta dehors sans pitié. Finalement, 005 compatit et décida de lui donner son médicament. Mais le comprimé a disparu de sa poche.*

— Je l'ai avec moi, dit 003. Je savais que tu te déciderais tôt ou tard pour lui donner son comprimé. Il est trop méchant ce Ga ! Je veux qu'il périsse là maintenant sous nos yeux. Le monde n'a pas besoin de telles personnes.

— Tu n'es pas tolérant toi, dit 005.

— Je n'ai de leçon à recevoir de personne. Surtout pas venant de toi 005. Alors ferme ta grande gueule. Je suis tolérant uniquement avec ceux qui sont tolérants.

*008 qui se trouva juste derrière lui, tapota sa main. Le comprimé tomba et elle le prit. Elle le mit dans la bouche de monsieur « grande gueule » et celui-ci retrouva immédiatement ses esprits. Aussitôt sur ses pieds, il courut prendre le révolver du garde. Puis, il le pointe sur la tente de 003 et lui commanda de sortir immédiatement de la salle.*

— Ok, du calme, tu as gagné dit 003 en se dirigeant calmement vers la sortie.

— Suivez-le tous. Commanda 007.

*L'un après l'autre ils quittèrent donc la salle. Mais 008 laissa trainer ses pieds ; empêchant ainsi la salle de se refermer. Il se dirigea vers elle pour la forcer de quitter définitivement la salle. Mais le chronomètre vient d'indiquer 00 minute. Alors 007 retourna vers l'estrade en s'adressant  au surveillant en ces termes :*

— J'ai gagné monsieur le surveillant ! Venez vite voir. Je suis le seule survivant de la salle.

*En ce moment précis, le garde s'approcha et mit la main sur lui. Etonné, il Tutuba :*

— Mais… Mais… Je suis le vainqueur !

— Regardez bien le chronomètre, il reste encore vingt secondes. Repris le garde.

*007 remarques que c'est vrai. Alors, comme un flash, il se souvient de tout ce qu'il vient de  faire.*

— Donc, c'est en vain que j'ai fait tout cela ? Dit-il en regrettant amèrement ses actes.

*Toutefois, il fut aussi jeté dehors. L'impétrant 008 retourne dans la salle. Elle ramasse les lunettes du candidat 001 par terre et observe attentivement sa copie. Elle découvre qu'il y est écrit « Question 1. »*

*Le surveillant réapparait dans la salle. Il se dirige vers elle et lui demande de rendre sa copie. Elle la rend vierge sans hésiter aucunement. Puis ajoute-elle, il y est juste écrit « **Question 1.** » avec un gros point.*

— Tu es le vainqueur, tu peux rejoindre notre prestigieuse équipe. Seulement revient demain rencontrer notre PDG et nous te dirons tout ce que tu voudras savoir.

Cependant, la rencontre avec le PDG cache-t-elle encore d'autres épreuves ?

**Chapitre 23**

## LA FEUILLE DE ROUTE

008 est la seule parmi trois cent mille candidats admise à rejoindre la dream team de renommée mondiale. Elle n'en revient toujours pas. Il y avait des personnes plus talentueuses et plus diplômées qu'elle. C'est pourquoi elle garde le triomphe modeste. Elle sait que c'est la grâce de Dieu qui lui a donné de vaincre. Très émue, elle ne put rien manger ce jour-là. Elle voyait déjà sa vie transformée. Bientôt, ses peines et celles des tiens disparaitront. Elle aura une vie de rêve et enviée par plusieurs.

Cependant, elle se demande, ce qu'ils pourraient encore lui réserver comme piège. Toutes ces interrogations interminables firent qu'elle ne put point fermer ses yeux pour dormir ne serait-ce qu'une seule heure. Elle fit donc une nuit blanche.

Le lendemain matin, elle se rendit très tôt au lieu du rendez-vous toute fatiguée. A sept heures pile, on la fit descendre au sous-sol. Et par la suite, elle fut escortée par des gardes dans une très grande salle où l'attendait une dizaine de personnes. Elle fut priée de prendre place autour de la grande table de réunion qui s'y trouvait. La disposition des uns et des autres autour de la table ne laissait point transparaître la hiérarchie. Tout le monde pouvait être le PDG. Le surveillant des épreuves était encore présent et veillait comme un aigle qui guette sa proie, à ce que tout se déroule à la perfection.

*Quelques minutes d'attentes, et il annonça l'arrivée du PDG. En signe de respect, tous se levèrent comme un seul homme pour l'accueillir.*

**113**

*L'ascenseur s'ouvre et un homme vêtu en costume blanc
taillé à sa mesure s'avance sous les acclamations de ses
collaborateurs.*

— Mais…Mais… C'est le candidat 001 ? Dit notre
championne avec stupéfaction. Ne me dites pas que c'est…
C'est lui le…Tutuba-t-elle en fixant le surveillant du
regard.

— Acquiescent d'abord de la tête, notre intrépide
surveillant dit : Je vous présente Madame, le PDG de notre
prestigieuse entreprise. Il s'appelle Monsieur Winner.

— C'est lui Monsieur Winner dont le nom va jusqu'aux
extrémités de la terre ? Vraiment ? Qu'est-ce qu'il est
humble ? Sachez Monsieur Winner que c'est grâce à vos
lunettes que j'ai observé la question cachée sur cette feuille,
ajoute-t-elle. Mais vous êtes un sacré acteur ?

— Notre président est un scientifique qui aime innover.
Repris le surveillant. Et cette présente décision d'embauche
est la plus importante qu'il n'a jamais eu à prendre. La
découverte de cette pilule magique peut entraîner beaucoup
de dommage inattendu si sa distribution n'est pas maîtrisée.
Surtout que nous n'en avons pas actuellement pour tout le
monde.

C'est pourquoi nous avons besoin d'un administrateur
avisé. C'est-à-dire quelqu'un qui aura une réelle capacité
d'écoute ; quelqu'un qui fera attention au détail. Un
administrateur qui aura compassion de ses semblables.

Nous nous réjouissons enfin d'avoir trouvé une personne
capable de remplir cette fonction. Et nous croyons que c'est
vous ! Alors, bienvenue dans notre prestigieuse équipe. Dit
le surveillant indubitablement très heureux d'avoir enfin pu
trouver une personne digne pour ce poste.

Après cette réunion entre le PDG, ses collaborateurs et notre nouvelle recrue, elle fut présentée au reste de l'équipe. Un déjeuner exceptionnel fut offert par le PDG en son honneur.

Après une semaine de repos accordé afin de mieux s'organiser, elle peut à présent faire ses premiers pas dans l'entreprise.

Cependant, réussira-t-elle sa nouvelle mission ?

# Chapitre 24

## LA VASTE OPERATION DE DISTRIBUTION

Notre administratrice déroule son plan devant Winner et sa diligente équipe. Il consiste en effet, d'envoyer urgemment des missionnaires partout dans le monde pour donner la pilule dans un premier temps aux personnes les plus vulnérables. C'est-à-dire les personnes âgées de plus de cinquante ans, les enfants de moins de quinze ans et ceux qui sont déjà infectés et désormais contraint de respirer sous masque.

Il n'est pas question pour elle de favoriser une race au détriment des autres. Son plan fut approuvé à l'unanimité par notre dynamique équipe. Maintenant, dit Winner, nous pouvons annoncer la bonne nouvelle au monde entier.

Ainsi, lors d'une conférence de presse, l'équipe annonce la bonne nouvelle au monde entier. Quelle bonne nouvelle ? Une pilule régénératrice accélérée de cellules ? C'est une surprise à la quelle personne ne s'attendait. Même Bagropito reçu l'information grâce à la magie des ondes.

Cependant, quand Bagropito l'apprit, il s'opposa farouchement à cette idée. C'est de la foutaise dit-il. Aussi interrompit-il immédiatement cette campagne par une autre vaste campagne de sabotage.

Pour joindre l'acte à la parole, il réunit tous ses meilleurs scientifiques et leur ordonna en secret d'inonder le marché par des pilules contenant du poison. De plus, il mit un blocus autour de la maison de Winner pour, dit-il, l'empêcher de s'enfuir.

Dès-lors, on assista une augmentation accéléré de morts en un laps de temps. Winner et son équipe furent injustement accusés puis arrêtés et emprisonnés. Giscard le César se leva courageusement et défendit son fils Winner. Il discourut Solennellement devant toute sa population ainsi :

*« Mes chers compatriotes, l'heure est grave. En effet, un groupuscule d'individu mal éclairé a pris le monde en otage. Ils nous servent le mensonge chaque jour au petit déjeuné, au déjeuné et même au dîner. Ils ont envahi les pharmacies de pilules mortelles et ils veulent que les autres payent à leur place. Trop c'est trop ! Aujourd'hui, ils veulent mettre injustement fin à la vie de Winner le sauveur du monde.*

*A qui le tour demain ?*

*D'ailleurs, souvenons-nous qu'il est le seul parmi tant de scientifiques à travers le monde à réussir à ralentir l'expansion de ce virus. S'il a réussi cet exploit une fois, il peut aussi trouver la bonne formule pour éradiquer totalement ce virus de notre planète.*

*Allons-nous rester silencieux face à cette injustice sans rien faire ?*

*Pour ma part, j'ai décidé de me lever et engager la bataille. Nous ne pouvons accepter une telle méchanceté. Pour le pouvoir, ils sont prêts à faire n'importe quoi. Alors je vous demande de vous lever et de dire non à cette campagne maléfique. Dieu a remis notre salut entre les mains de Winner. Oui levons-nous et exigeons sa libération immédiate et sans condition.*

*Haut les cœurs ! »*

Dès ce moment, les populations se dressèrent comme un seul homme contre Bagropito, l'homme au visage farouche et détestable. Face à une telle révolte des populations, il opta pour une discussion avec Giscard le César.

Au terme de leur discussion, les deux hommes décidaient de mettre balle à terre et de partager le gâteau. Winner et son équipe sont relâchés sans délais. Toutes les pharmacies sont contraintes de détruire sans délais tous leurs produits.

Bagropito et Giscard le César obtinrent de Winner le monopole de la production et de la distribution de la pilule. Cela sous-entend aussi que la distribution de la pilule commencera chez ces deux grandes personnalités. Ensuite, les autres grandes puissances pourront se servir comme ils le souhaitent. Quant au reste de la population mondiale, ils pourront en avoir à condition de payer dix fois plus le prix normale de la pilule.

*En ce moment précis, Winner décida de plaider pour sa terre natale :*

— Mes parents se trouvent à Sababou-Sôh. Ils sont pauvres et ne pourront pas se payer la pilule. Alors, je plaide pour que tout mon peuple de Sababou-Sôh reçoive la pilule gratuitement.

— Ok, ta plaidoirie est acceptée dit Bagropito avec sa grosse voix terrifiante. Tu mérites cette grâce puisque tu es notre sauveur. Seulement cela se fera après que nos deux peuples aient reçu la pilule magique.

*Surpris par cette compassion inopinée et inhabituelle de Bagropito, Giscard le César resta statique et ne put dire aucune parole si ce n'est d'acquiescer de la tête pour marquer son accord. Il marmonna ensuite avec ironie :*

— Incroyable ! Je ne crois pas à mes yeux ! Même toi Bagropito tu peux aussi comprendre la douleur des autres et compatir ?

# Chapitre 25

## RETOUR AU BERCAIL

Les deux peuples ayant reçu la pilule magique, Winner peut maintenant voler au secours de son peuple. Sans perdre le temps, il entreprend enfin son voyage tant rêvé avec toute son équipe et sa petite famille. Bagropito et Giscard le César mettent à leur disposition une cohorte pour assurer leur sécurité. Trois semaines après, notre dream-team arrive enfin à Sababou-Sôh. Seule deux personnes saines de la crème dirigeante de Sababou-Sôh sont venues accueillir nos sauveurs. La scène est pathétique. L'épidémie fait rage dans tout le pays et personnes n'est épargnée. Les morts ne se comptent plus. Les cadavres se voient sur le long des chemins et on ne trouve plus de bras valides capables d'enterrer leurs morts. Les femmes et les enfants sont inconsolables.

Immédiatement, notre diligente équipe se met au travail. L'élite dirigeante reçoit ses pilules. Toutes les populations sont forcées à venir se faire injecter la pilule magique. Les frères de Winner viennent aussi sans tarder pour recevoir leurs pilules magiques. Winner les reconnu sans le moindre problème. Cependant ces derniers ne peuvent s'imaginer que c'est leur frère qu'ils ont vendu.

Winner se souvint alors des nombreux songes qu'il faisait quand il était encore enfant. Il ordonna expressément qu'on emprisonne ces derniers car dit-il, ce sont des espions et des arnaqueurs. Les gardes sous sa responsabilité exécutèrent aussitôt l'ordre en les jetant en prison. C'était pour s'enquérir des nouvelles de son père et de sa mère.

Le même soir de leur arrestation, Winner ordonna qu'on les fasse venir à l'hôtel où il séjournait. Une fois à l'hôtel, ces frères se mirent à le supplier à genoux pendant de longues heures sans succès. Finalement, l'aîné des frères prit ses responsabilités et supplia Winner en ces termes :

— S'il te plaît mon seigneur, laisse partir mes frères et garde moi seul en prison. En effet, nos parents ne pourront supporter notre absence pendant longtemps.

— Et pourquoi ? Interrogea Winner.

— Nos parents sont très vieux et ils tiennent beaucoup à nous. S'ils ne nous voient pas après une semaine, ils penseront qu'un animal nous a exterminés aussi comme l'un de notre frère il y a de cela très longtemps. C'était celui d'entre nous qu'ils aimaient le plus. Ils ne supporteront pas de perdre encore d'autres enfants de cette manière.

— Non, reprit Winner. Tiens, tiens, je vois que vous cherchez une excuse pour vous en fuir de mes mains. Eh bien, je vous informe que votre garde sera encore plus corsée. Vous périrez tous en prison car je vois que vous êtes des méchants hommes.

*Sara ne reconnaît plus son mari. Aussi, se demande-t-elle sur ce qui lui arrive depuis ce matin. Cependant, elle se réserve le droit d'aller à son encontre en publique.*

— Non mon seigneur, nous ne sommes pas des voleurs. Car ton serviteur, notre père, nous a transmis une bonne éducation. Jamais, un de ses fils n'a été surpris en train de voler ne serait-ce qu'une seule fois de leurs vies.

— Taisez-vous…s'énerva brusquement Winner.

*Silence de cimetière… Et des heures plus tard, les frères échangèrent dans leur dialecte pensant que Winner ne comprendrait rien.*

— Voyez-vous, Dieu fait aujourd'hui retomber sur notre tête tout le mal que nous avons fait à notre frère « Lion'Son » par pure jalousie affirma l'aîné tout en versant de grosses larmes. Je vous avais pourtant conseillé de ne pas le faire. Mais vous ne m'avez pas écoutez. Comment allons-nous faire maintenant ?

— Ah bon ? Tu rejettes sur nous toute la responsabilité aujourd'hui ? Incapable et irresponsable. Repris les autres frères en chœur.

*Voilà nos frères associés pour le mal en train de se battre dans leur dialecte.*

Winner écoutait religieusement ses frères, quand il fut ému soudainement de compassion. Ne pouvant plus se retenir, il ordonna de les faire sortir immédiatement de la salle. Puis, il s'écroula en pleure comme un petit enfant. Il versa de chaudes larmes en présence de sa femme, ses enfants et de ses associés. Ces derniers, on ne peut plus embarrassés, essayaient tant bien que mal de comprendre ce qui arrivait à leur maître.

Quelques minutes plus tard, après qu'il se soit calmé, il confessa que ce sont là ses frères qui l'on vendu aux marchands arabes il y a de cela vingt-sept ans.

*Deux heures plus tard, il ordonna à nouveau de les ramener. On les fit retourner sans perdre le temps. Cette fois, il laissa tomber le masque et se fit connaître à eux dans leur dialecte en ces termes :*

— Je suis votre frère « Lion'Son », celui que vous avez jeté d'abord dans un puit perdu, puis vendu aux marchands arabes.

— Quoi ? C'est bien toi notre frère « Lion'Son » ? Dirent-ils ensemble en balbutiant pour cause de panique.

— Oui, je suis votre frère « Lion'Son » dit-il avec un large sourit, les bras ouvert et s'avançant pour les étreindre de baisers.

*Cependant les frères, submergés par la honte, se prosternèrent devant lui pour le supplier de bien vouloir pardonner leur péché.*

— Que faites-vous là ! Questionna Winner. Relevez-vous s'il vous plaît !

En effet, c'est Dieu qui a  permis qu'une telle chose m'arrive. Ne vous culpabilisez plus. C'est pour vous sauver que Dieu l'omniscient et l'omnipotent a permis que vous me fassiez ce que vous m'aviez fait. Qui sait, peut-être que je ne serais jamais devenu le Winner que je suis aujourd'hui sans ces événements.

*Les frères versèrent énormément de larmes. Après s'être aussi calmés, ils firent d'abord la connaissance de leur belle-sœur et de leurs neveux avant de prendre part au merveilleux dîner du jour. Ils discutèrent encore longtemps après le dîner. Winner prit toutes les informations dont il avait besoin concernant ses parents.*

— Heureusement que nos parents vivent encore. Maintenant dit-il, suivez le maître d'hôtel. Il vous montrera vos chambres où vous passerez cette nuit. Reposez-vous bien car nous irons ensemble au campement demain matin de très bonne heure. Je meure d'envie de voir mon père et ma mère.

# Chapitre 26

## LA MISERICORDE

Winner a hâte de retrouver ses parents. Il ne put ce jour-là fermer l'œil durant toute la nuit. Sa joie est débordante. Très tôt le matin, les voilà sur la route du campement escorté par la cohorte.

Mais son excellence le président de Sababou-Sôh, s'invita lui-même dans le voyage. Il ne peut laisser cette opportunité passé. Aussi réclama-t-il :

— Winner est un fils de Sababou-Sôh ; nous avons aussi le devoir d'assurer sa sécurité dit-il au général Licorne. Alors, permettez que le général Abba-War et sa troupe se joignent aussi à vous.

*Le général Licorne voulu lui répondre. Mais Winner lui fit signe de la main de se calmer. Puis ajouta-t-il :*

— Ce n'est pas nécessaire Excellence. Je vous prie, de ne pas vous donner tant de mal pour moi.

— Bien sûr, mon fils Winner ! Crois-moi c'en vaut vraiment la peine. J'insiste car tu fais la fierté de notre pays. Grâce à toi, la vie revient peu à peu dans notre nation. De plus, je pense en toute modestie que tes parents méritent vraiment d'être honorés par la nation toute entière.

— Ok, finissons avec cela Excellence. Joignez-vous à nous si ça peut vous soulager. Quant à moi Excellence, j'ai hâte de retrouver mes parents. C'est la seule chose qui me préoccupe actuellement.

*Ainsi, Winner se rend chez ses parents escorté par deux troupes : la cohorte venue de l'autre bout du monde et celle conduite par le chef d'Etat-major de Sababou-Sôh, le général Abba-War en personne. Entendons par son nom, le père de la guerre.*

*Bientôt, les voilà arrivé au campement. Tang-Bi, comme à son habitude est étendu dans son vieux filet balançoire accroché sous le gros manguier de la cour en train de prendre de l'air. Sa femme N'Kêbôh, couchée à ses côtés sur une natte aperçoit de loin ses enfants et une troupe mixte composé de toubabous et de farafis.*

— Regarde chéri, une armée s'avance vers nous. Nos enfants auraient-ils commis un crime pour qu'une armée se mette à leur trousse ?

*A ces mots, Tang-Bi rassembla toutes ses forces et d'un seul bond, il s'assit. Il aperçoit ses fils et la troupe à leur côté. Le regard perdu, il demande à ses enfants ce que signifie tout ce cirque.*

*Alors, se jetant aux pieds de leurs parents, les frères se repentirent en versant de chaudes larmes.*

— Mon Seigneur Tang-Bi, nos enfants ont-ils perdu la raison ? Pourquoi faut-t-il qu'ils nous rappellent encore cette grande douleur ? Interroge N'Kêbôh. Puis se tournant vers ses enfants, elle dit : « Êtes-vous déjà ivres à cette heure ? Et pourtant, ne vous ai-je pas interdit de continuer à boire de l'alcool, mes enfants ?»

— Non mère, nous ne sommes pas ivres. Nous vous disons la vérité. Notre frère vit encore. Et c'est lui qui a trouvé la pilule magique pour le bonheur des populations. Dieu l'a rendu  très puissant. Regardez vous-mêmes ces chars et tous ces gardes. Ils sont tous aux ordres de votre fils Lion'Son.

Voyant les chars et les gardes, l'esprit de Tang-Bi se ranima et il dit :

— C'est assez ! Lion'Son, mon fils vit encore ! Où est-il donc ? Je veux aller à sa rencontre maintenant.

— Patience père, son cortège est encore derrière. Répondirent-ils. Il ne tardera plus à se présenter devant toi.

*Cinq minutes plus tard, voilà Winner qui descend de son char avec sa femme, ses enfants, et encadré par les généraux Licorne et Abba-War. Il vint et se jeta dans les bras de ses parents qui sont visiblement affaiblit par le poids de l'âge.*

— C'est toi Lion'Son ? Dit N'Kêbôh sa mère en pleurant de joie.

— Oui, c'est moi ton fils mère !

— Vite, ordonna Lion'Son, donnez leurs la pilule magique. Donnez en aussi à tous les serviteurs de mon père.

*Après cette étape, Lion'Son fit approcher sa femme et ses enfants :*

— Père, mère, en plus de toutes les richesses et la gloire, Dieu m'a donné une très bonne femme et cinq beaux enfants que voici.

*N'Kêbôh ouvrit ses bras pour embrasser sa belle-fille et ses petits-enfants. Très heureuse, elle se mit à chanter une hymne de reconnaissance :*

« Dieu est bon, vraiment très bon ! Il fait ce qu'il veut, quand il veut et comme il veut. Nous croyions que nous avions perdu définitivement notre fils chéri Lion'Son, et, le voilà qui réapparaît glorieux avec sa femme Toubabou et ses cinq enfants. Alléluia ! Alléluia ! Merci Seigneur Jésus-Christ. Que Dieu vous bénisse encore plus mes enfants. »

Tang-Bi et sa femme organisèrent un grand festin à l'honneur de leurs hôtes. Deux jours plus tard, Winner explique à son père comment il a pu créer la pilule magique :

— En vérité père, le principe actif de cette pilule, se trouve dans la fleur ''donneuse '' d'espoir que tu m'as révélé alors que je n'étais encore qu'un gamin. Grosso modo, c'est grâce à tes conseils père, que j'ai pu inventer cette pilule magique ! Merci pour tout père ! C'est toi le véritable sauveur du monde ! »

*Winner embrasse à nouveau son père. Il bénit Dieu qui lui a permis de retrouver ses parents contre toute espérance.*

— Cependant, père, nous sommes actuellement confrontés à un problème. La pilule est insuffisante. La plante donneuse d'espoir n'existe plus. Il nous en faut absolument pour que toutes les populations à travers le monde en reçoivent. C'est seulement à ce prix que nous pourrons sauver le monde. Vas-tu nous aider, père ! Je sais que tu le peux.

*Prenant la parole, Tang-Bi dit à son fils :*

— Cette fleur n'apparaît que chaque sept ans. C'est la raison pour laquelle tu n'en trouve pas actuellement.

— Oh non… Pas ça ! En es-tu sûr père ? Questionna Winner.

— Absolument, répondit Tang-Bi.

*Triste, Winner garde le silence. Il comptait sur son père et voilà la révélation qu'il reçoit : « La plante apparaît chaque sept ans. Hélas !» Dès cet instant, la conversation cessait momentanément. Tang-Bi observe attentivement le comportement de son fils. Il perçoit dans son regard la compassion, l'amour du prochain et de l'humilité. Il est encore plus fier de lui. En effet, malgré toute sa gloire, son fils reste profondément humain et désintéressé par l'amour de l'argent. Sa seule préoccupation est de sauver ce monde agonisant à cause d'un virus venu tout droit du monde des ténèbres.*

*Puis au bout de trente minutes de silence, Tang-Bi reprit la parole et dit :*

— Fils, si vous l'avez vu une première fois, c'est parce que vous êtes des élus. Si  nous voulons qu'elle nous réapparaisse, alors il nous faudra simplement demander avec foi à Dieu de nous l'envoyer à nouveau.

— Demander simplement à Dieu avec foi ? Ok, père.

— Ok parfait dit Tang-bi. Dieu répond toujours favorablement à la prière de foi.

*Nos deux élus se mirent donc à prier :*

« Père céleste, que ton Nom soit sanctifié. Que ton règne vienne et prenne le contrôle de nos vies. Il t'a plu en effet, de porter sur nous tes humbles serviteurs, ton choix. Tu nous as fait la grâce de nous fait apparaître la fleur donneuse d'espoir puis de nous montrer la formule permettant de concevoir la pilule magique. Nous nous sentons désormais responsable de la survie de toutes ces populations. Cependant, Père céleste, il nous faut encore la fleur. Alors s'il te plaît, donne-nous cette fleur pour que nous sauvions des vies. Merci mon Dieu car nous savons que tu nous as exhaussé au Nom du Seigneur Jésus-Christ. Amen. »

*Quelques minutes plus tard, Winner s'impatiente :*

— Père, où est la fleur ?

— Du calme, du calme, nous la verrons. Parcourrons les champs pour découvrir où elle se trouve.

*Au coucher du soleil, Tang-Bi dit à son fils : regarde !*

— Mais c'est la fleur père ! Et il laissa éclater sa joie.

Winner retournera-t-il urgemment avec toutes ces plantes afin d'élaborer de nouvelles pilules ?

# Chapitre 27

## LE NOUVEL EL DORADO

Pour honorer son père, Winner décide de construire le plus grand centre de recherche de Farafidougou à Sababou-Sôh. Pour ce faire, il en parle au Président qui acclama cette idée des deux mains.

Qui est fou, dit-il, pour refuser une telle grâce ?

Il sait que ce seul centre de recherche est une grande source d'emploi et bientôt  son pays sera la locomotive du continent Quefra et même le centre d'attraction du monde. Surtout que la population murmure déjà à cause des atrocités de la pauvreté. Ce centre est donc une bénédiction venue tout droit du ciel. Il pourra se vanter des mérites de ce centre  et chercher à briguer un autre mandat.

*Sans tarder, Winner envoie un télégramme aux présidents Giscard le César et Bagropito.*

— Ici Winner. Découverte plantes pour produire pilule magique. Prière, me permette d'ouvrir un laboratoire de fabrication à Sababou-Sôh.

— Réponse Bagropito: Non, envoyez plantes ici pour fabriquer pilule magique.

— Pas possible Excellence, car impératif que plantes soit sur place.

— Bagropito : Arrangez-vous.

— Giscard le César : Voyons ami Bagropito, soit compréhensible. Pas moyens de déplacer le principe actif sans qu'il  se détériore. Winner sait de quoi il parle.

— Bagropito : Ok, mais condition unique, mon comptable personnel gérer toutes les finances.

— Giscard le César: Ok, Sacré ami Bagropito.

Ainsi, depuis Sababou-Sôh, Winner se mit au travail avec son équipe. Ils produisent d'énormes quantités de pilules en un laps de temps. Grâce à la saga de 008, les pilules sont administrées sans discrimination mais sur le regard attentif du comptable personnel de Bagropito. Même si pour 008, toutes les vies se ressemblent, il n'en est pas ainsi pour Bagropito et son comptable. Pour eux, les seuls soucis sont comment amasser plus d'argent possible. Tampis si le monde doit périr. Bagropito est un narcisse. Pour lui, les seuls qui méritent de vivre sont son peuple et lui. Les autres peuples sont une erreur de Dieu.

Bientôt, le monde entier reçoit la pilule magique en quantité suffisante. Le virus est vaincu, le monde est désormais hors de danger ; et les héros de cette guerre sont Winner et son équipe de rêve.

Sababou-Sôh sort de cette épidémie très bénie. En effet, le centre de recherche de Winner versait à Sababou-Sôh dix pour cent de ses revenus mensuel. Winner a exigé dans le contrat à vie signé avec Sababou-Sôh, que cette somme soit utilisée pour la construction des infrastructures et la création des entreprises afin de donner du travail aux jeunes. Pour ce faire, son centre veillera à la bonne utilisation de l'argent qui sera déversé à Sababou-Sôh.

<h1 style="text-align:center">Chapitre 28</h1>

## DIIBÔH ET LE MONDE CELEBRE TANG-BI ET SON FILS

Il fait maintenant bon vivre dans le monde. La pandémie fait désormais partie du passé. Winner et son équipe ont relevé le défi en réalisant l'impensable. Winner le négro, sorti de nulle part, est le champion de cette pandémie. Lui qui a été vendu comme esclave par ses propres frères, puis pris pour mort ; il est aujourd'hui le sauveur de son peuple et du monde. Il a réussi à sortir des ténèbres pour accéder à la lumière. Et ceux, en entrainant le monde entier avec lui. Qui pouvait prédire un tel destin ? Les voies de Dieu ne sont-elles pas insondables ?

Quant à Bagropito et Giscard le César, ils sont devenus plus que jamais riches et puissants. Ce sont eux qui dictent à présent leurs lois au reste du monde.

Plusieurs personnes ont même cru que c'était la fin du monde. De son côté, Winner décide de rester et vivre à Sababou-Sôh avec sa petite famille.

Le monde, par la voix de Bagropito et Giscard le César décide de célébrer Winner et son père Tang-Bi. Par consensus, Diibôh, le village natal de Tang-Bi, père de notre héro Winner, abritera la cérémonie.

Le village est électrifié, les villageois ont maintenant accès à de l'eau potable et l'agriculture est mécanisée. Deux écoles professionnelles aux standards internationales, spécialisées dans le domaine de l'agriculture, viennent de voir le jour. La polygamie est désormais interdite et les Diibôyennes sont de plus en plus respectées. La pauvreté a disparu. Désormais c'est Diibôh le centre d'attraction pour quiconque souhaite vivre épanoui.

Son excellence monsieur le président Fangatigui avec tout son conseil, décide de célébrer Tang-Bi le digne fils de Pabouôr. Mais au finish, c'est tout farafidougou qui s'invita dans cette affaire car disent-ils, Tang-Bi n'appartient plus à Pabouôr seulement. Il a donné naissance à un héros et tout le monde désir marquer leur reconnaissance envers ce grand homme visionnaire. Sababou-Sôh ne se laisse pas pour autant intimider. Il réclame et obtient sa part du gâteau. Il est au cœur des festivités avec Diibôh ; car dit-il, même si Tang-Bi est Diibôyen force est de reconnaître que c'est Winner le SababouSôhyen qui est le sauveur du monde.

Ainsi, toutes les grandes puissances dépêchèrent des spécialistes pour la réussite de cette cérémonie d'hommage. Deux jours avant la cérémonie, Pabouôr et Sababou-Sôh reçurent d'illustres personnalités à travers le monde. Ce ballet diplomatique fut une bénédiction économique pour toute la sous-région.

Les derniers réglages étant fait, le jour de la cérémonie arriva. Du monde, que du monde ! On vit d'illustres personnalités du monde politique, du monde des affaires, du monde sportif et des ONG internationale foulé pour la toute première fois, les sols de Sababou-Sôh et de Diibôh. Quand toutes ses personnalités prirent place, alors on annonça d'abord Tang-Bi et sa femme N'Kêbôh. Ensuite Winner et sa femme. C'est d'abord par un tonnerre d'applaudissement que la foule présente les accueille. Ensuite on entendit scander d'un côté « Tang-Bi, Tang-Bi, Tang-Bi » et de l'autre côté « Winner, Winner, Winner » pendant environ une heure.

Incroyable ! Incroyable ! Qui l'aurait cru ? Le fils de Nôbôh avec son petit fils sont aujourd'hui célébrés par le monde. Tout le monde veut les toucher et faire une photo avec eux.

Tour à tour, nous vîmes défiler sur le podium, les artistes en vogues dans le monde entier pour faire montre de leurs savoirs. Tous rendirent de vibrants hommages très émouvant de Tang-Bi et de son champion Winner. Après, vint le tour de son excellence, le président de Pabouôr, monsieur Fangatigui un vieillard de cent vingt-cinq ans, le doyen en âge des présidents Farafidougou de discourir :

*« En ce jour béni, dit-il, Pabouôr, par ma voix est très heureux et très fiers de recevoir toute l'élite de notre globe terrestre. C'est pourquoi nous vous disons AKWABA en majuscule. C'est-à-dire BON ARRIVE dans notre langue locale.*

*Qui aurait cru ce jour possible même dans ses rêves ? Personne, n'est-ce pas ? Et pourtant, c'est vrai ce que nous vivons-là. Le monde entier est aujourd'hui réuni ici à Pabouôr pour célébrer Tang-Bi un vaillant fils de Farafidougou avec son fils Winner le sauveur du monde.*

*Nous sommes très fier de toi Tang-Bi. Merci de nous avoir donné ton distingué fils Winner qui fait la fierté de tout un continent. Merci pour tous les sacrifices consentis pour transformer ton village Diibôh en un paradis terrestre. Aujourd'hui, c'est le monde entier qui s'est réuni pour te dire infiniment merci ! Merci Tang-Bi ! Merci à toi Winner ! ».*

Après ce discours, la foule continue de scander ''Tang-Bi, Winner, Tang-Bi, Winner, Tang-Bi''. Ensuite, les présidents des cinq grandes puissances du monde prirent successivement la parole et encensèrent encore et encore le héros Winner, sa femme et son père Tang-Bi et sa mère Kêbôh. Ensemble, les élites annoncèrent l'ouverture prochaine à Diibôh de la plus grande université de Farafidougou qui porterait le nom de Tang-Bi.

C'est maintenant l'heure tant attendue. Le fils de Nôbôh, fille de Diibôh va prendre la parole.

Tout le monde se lève comme un seul homme pour encore scander pendant une demi-heure « Tang-Bi, Tang-Bi, Tang-Bi ». Emu, Tang-Bi pleura de joie puis après s'être calmé, il exhorta ses fans en ses termes :

*« Chers amis, permettez-moi de remercier le Seigneur Jésus-Christ mon Dieu qui m'a donné ma femme N'Kêbôh. N'Kêbôh est un véritable don de Dieu pour moi. Elle a toujours cru en moi et elle m'a toujours soutenue en me prodiguant chaque fois de sages conseils. Avec ma femme, nous vous remercions infiniment pour tout ! »*

La foule scande *« Mémé Kêbôh, mémé Kêbôh, mémé Kêbôh »*. Après s'être calmé, Tang-Bi poursuit son discours :

*« Sachez que tout ceci a été possible grâce à Dieu. C'est lui qui nous a donné Winner comme fils. Je croyais l'avoir perdu et voilà maintenant qu'il revient en tant que sauveur du monde. Je rends gloire à Dieu pour tout cela. Je ne serai pas trop long.*

*Quand vous avez un rêve, poursuivez-là et n'abandonnez jamais. A des moments, la vie vous demandera de faire un choix difficile. Choisissez toujours la voie qui honore DIEU. C'est là le secret pour atteindre votre destin tracé par DIEU.*

*Je laisse la place à mon fils. C'est lui notre héros. Je vous aime très fort ! Croyez en Dieu et croyez en vous. Merci !»*

L'homme pour qui nous sommes tous là, doit monter sur le podium et prendre la parole. Winner en personne. Il discouru ainsi :

*« Mesdames, mes demoiselle et messieurs bonsoir ! Ce n'est pas moi qu'il faut célébrer aujourd'hui, mais c'est plutôt Dieu. C'est lui qui a planifié tout cela. A lui soit toute la gloire pour des siècles et des siècles. Amen !*

*Je crois que chaque être humain a droit à plus de liberté, de paix et de bonheur. Nous devons tous nous mettre au service les uns les autres. Nous avons tous reçu un don particulier de Dieu et ce qu'il faut, c'est de le travailler et de le mettre au service des autres. Nous sommes tous sur terre par la volonté de Dieu.*

*Par conséquent, nous avons tous reçu une mission divine. Les divers talents que chacun a reçus sont suffisants pour opérer des miracles. Il suffit juste de le travailler avec diligence. Nous sommes tous important. Si chacun reste à sa place et met son don au service des autres, je vous assure que notre monde sera plus épanoui.*

*Par ma vie, je souhaite que, non seulement cette génération, mais aussi celles à venir, sachent qu'on peut naître dans la famille la plus pauvre et la plus désordonnée de la terre, pour parvenir à s'asseoir avec l'élite dirigeante. Tant que vous travaillerez à glorifier Dieu, je vous assure qu'il vous honorera à son tour. Certes vous connaîtrez des moments difficiles. Quelques fois vos parents et la société finiront par vous rejeter.*

*Mais au milieu de cette fournaise ardente, n'abandonnez jamais ! Oui, au grand jamais ! Et tenez ferme. La pierre que les bâtisseurs rejettent deviendra la principale de l'angle. Ce que les autres croient de vous n'est pas trop important mais c'est ce que vous croyez que vous êtes ou que vous pouvez accomplir qui est important.*

*Quand tout est obscur autour de vous, pleurez s'il le faut mais n'abandonnez jamais. Ne donnez aucune chance à l'oisiveté. Il y a toujours quelque chose à faire. Réfléchissez et foncez sans perdre le temps. Les conflits surviennent quand les convoitises et la jalousie naissent. Travaillons donc à plus d'amour.*

*Pour finir, retenez que le secret de la vie, c'est l'AMOUR. Et l'AMOUR c'est DIEU lui-même. ».*

Après ce grand discours, la fête continua et chacun mangea à sa faim avant de retourner chez soi. C'est ainsi que le monde rendit son vibrant hommage à son excellence papa Tang-Bi et son brave fils Winner.

# TABLE DES MATIERES

www.ingramcontent.com/pod-product-compliance
Lightning Source LLC
LaVergne TN
LVHW050610200726
843508LV00010B/1799